Couverture inférieure manquante

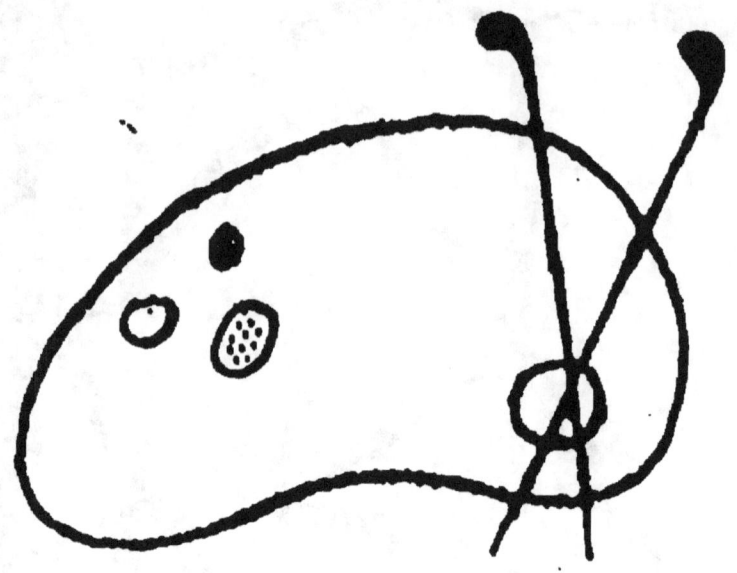

Début d'une série de documents
en couleur

BIBLIOTHÈQUE STÉNOGRAPHIQUE

MÉDAILLES AUX EXPOSITIONS UNIVERSELLES

AVENTURES

DE

# JEAN-PAUL CHOPPART

PAR

## L. DESNOYERS

FRANCO : 60 CENTIMES

PARIS

BUREAU STÉNOGRAPHIQUE DES FRÈRES DUPLOYÉ

12, Rue N. D. de Nazareth, 12.

# STÉNOGRAPHIE-DUPLOYÉ

## SEULE RÉCOMPENSÉE AUX EXPOSITIONS UNIVERSELLES
### de Paris, de Lyon, de Vienne, etc.
Méthodes pour apprendre sans maître en deux heures, à 1 fr. 50 et à 3 fr. (francs).

## VOYELLES

A o Petit cercle.

O O Grand cercle.

OU Ⓞ Grand cercle bouclé.

EU ¼ de grand cercle avec point.

U ¼ de grand cercle sans point.

É Petit 1|2 cercle sans point.

È Petit 1|2 cercle avec point au-dessous.

I Petit 1|2 cercle avec point au-dessus.

AN ¼ de petit cercle avec accent aigu au-dessus.

ON ¼ de petit cercle avec accent aigu au-dessous.

IN ¼ de petit cercle avec accent grave au-dessus.

UN ¼ de petit cercle avec accent grave au-dessous.

## CONSONNES

PE | Petite verticale.

TE — Petite horizontale.

FE \ Petite oblique, de gauche à droite.

KE / Petite oblique, de droite à gauche.

LE / Petite oblique ascendante.

JE ⌒ Grand 1|2 cercle en forme de voûte.

SE ⌣ Grand 1|2 cercle en forme de bassin.

NE ) Grand 1|2 cercle en forme de C retourné.

ME ( Grand 1|2 cercle en forme de C.

X S'écrit comme KS ou GZ.

BE | Grande verticale.

DE — Grande horizontale.

VE \ Grande oblique, de gauche à droite.

GUE / Grande oblique, de droite à gauche.

RE / Grande oblique ascendante.

CHE Grand 1|2 cercle pointé, en forme de voûte.

ZE Grand 1|2 cercle pointé, en forme de bassin.

GNE ) Grand 1|2 cercle pointé, en forme de C retourné.

ILL S'écrit comme plusieurs i ~.

Signes euphoniques Z ⌣ T ⌢ N ) R / K ·

Les voyelles se tracent dans le sens qui permet de les unir SANS ANGLE aux consonnes. Les consonnes se tracent toujours dans le sens indiqué. Les deux consonnes L et R se tracent seules de bas en haut, en remontant.

pb td fv kg lr m ngn j ch s z o a ou eu u ô ò i an on in un

O séparation des chiffres droits répétés.

LA STÉNOGRAPHIE-DUPLOYÉ n'écrit que les SONS; elle ne tient aucun compte de l'orthographe : c'est la photographie de la parole. Les SIGNES EUPHONIQUES ou DE LIAISONS, ainsi que les POINTS et les ACCENTS indiqués pour certains signes, se suppriment habituellement. Les signes s'unissent les uns aux autres de manière à ne former qu'un monogramme pour chaque mot. Tourner toujours les voyelles dans le sens qui permet d'éviter les angles.

Toutes les personnes qui enverront à M. Duployé, 19, rue Notre-Dame-de-Nazareth, 19, à Paris, la traduction exacte de cette ligne, et qui demanderont pour au moins 3 fr. 50 de VOLUMES de la BIBLIOTHÈQUE STÉNOGRAPHIQUE, recevront gratuitement, pendant trois mois, le journal LE STÉNOGRAPHE, journal en sténographie. On ne peut gagner cette prime qu'une seule fois. (Envoyer un mandat ou même des timbres-poste).

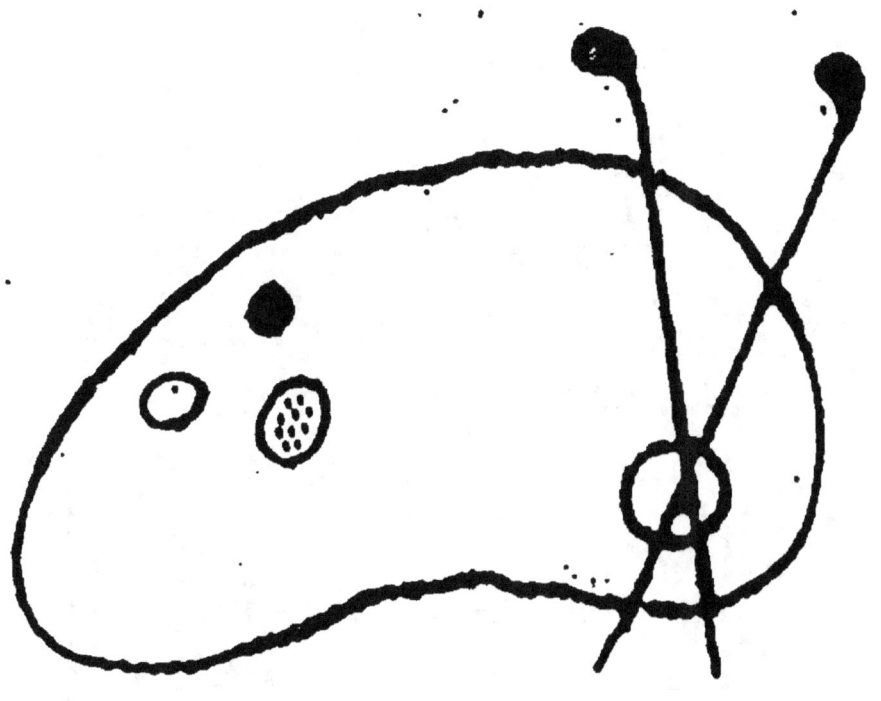

Fin d'une série de documents
en couleur

# INSTITUT STÉNOGRAPHIQUE DES DEUX-MONDES
### (autorisé par arrêté de 12 juillet 1872.)

**BUT** — *Vulgariser la Sténographie pour rendre plus facile soit l'acquisition de l'instruction élémentaire, soit le travail intellectuel*

## EXTRAIT DES STATUTS

Les diplômes délivrés par l'Institut sténographique des Deux-Mondes sont de deux sortes: le diplôme du premier degré et le diplôme supérieur.

**DIPLOME DU 1ᵉʳ DEGRÉ.** — Ce diplôme est délivré par le Bureau du Cercle central : son prix est de 10 francs.

Pour l'obtenir, il faut envoyer au Président de l'Institut sténographique (12, rue Notre-Dame-de-Nazareth, à Paris), une demande écrite en sténographie et accompagnée d'une somme de 5 francs. Dans la réunion trimestrielle qui suivra l'arrivée de la demande, elle sera examinée, et si l'écriture sténographique est jugée correcte, le diplôme sera accordé. Dans ce cas, le diplôme sera envoyé franco contre le deuxième versement de 5 francs.

Quand la demande n'est pas admise, le premier versement reste acquis à la Société; mais il peut servir pour l'introduction d'une nouvelle demande de diplôme.

**DIPLOME SUPÉRIEUR.** — Ce diplôme n'est délivré que par le Cercle central dans sa réunion annuelle. Son prix est de 20 francs, dont moitié payable lors de la présentation de la demande, et l'autre moitié lors de l'envoi du diplôme.

Pour obtenir ce diplôme, il faut prouver que l'on est en état de sténographier un orateur prononçant au moins cent mots par minute, et que l'on peut ensuite traduire fidèlement ce que l'on a sténographié dans ces conditions. Quand le candidat échoue, le premier versement reste acquis à la Société, mais il peut servir pour l'introduction d'une nouvelle demande d'examen.

**Nota.** — Les réunions du Bureau du Cercle central ont lieu vers le milieu des mois de mars, juin, septembre et décembre ; la réunion annuelle du Cercle central en septembre

Tête renfermant tous les signes de la Sténographie Duployé, et montrant la manière d'unir sans angle les voyelles aux consonnes

« Je veux que chacun, d'un œil bien content, ne lise plus qu'au moyen de tous mes signes sténographiques. »

Envoyée par le Ministère de l'Instruction publique à l'Exposition universelle de Vienne, la Sténographie-Duployé a obtenu du Jury international le DIPLOME DE MÉRITE.

Lettre de M. le Ministre de l'Instruction publique à M. Duployé. (23 juin 1875.)

« L'Administration ne s'oppose pas à ce que les élèves s'exercent à votre écriture sténographique. »

Tous les élèves de tous les établissements d'instruction publique ont donc le droit, naturellement d'apprendre la Sténographie-Duployé, mais de s'exercer à la pratique.

M. le Ministre de l'Agriculture et du Commerce a fait mettre, à la suite du programme officiel de l'École centrale des arts et manufactures, la note suivante :

« Il a été reconnu que beaucoup d'élèves, ignoraient, en arrivant à l'École, de l'habitude de prendre les notes pendant les leçons à l'amphithéâtre. On invite les jeunes gens qui se préparent à l'École, à prendre cette habitude de bonne heure, et l'on engage MM. les Professeurs des Écoles préparatoires à surveiller cette partie de leur éducation.

Lettre de l'École normale supérieure à M. Duployé.

« ... Les efforts persévérants, grâce à vou, savoir lire et écrire à l'âge de ... comment la propriété essence qu'il fait actuellement pour apprendre à lire et à écrire, entre-tenant la principe même de l'épreuve et beaucoup de ... vulgarisation de votre Méthode ... disparaître leur ...

« Bien que je puisse plus utilement que le Sténographie. » M. de Cuvier, Ministre de la ...

« Je rends plein hommage à la droite de l'Instruction dont vous vous servez ... M. ..., Inspecteur général de l'Instruction publique.

Paris. Imp. du Bureau Sténographique des Frères DUPLOYÉ, rue N.-D. de Nazareth, 12.

Paris. Imp. PAUL DUPONT, 41 rue Jean-Jacques-Rousseau.

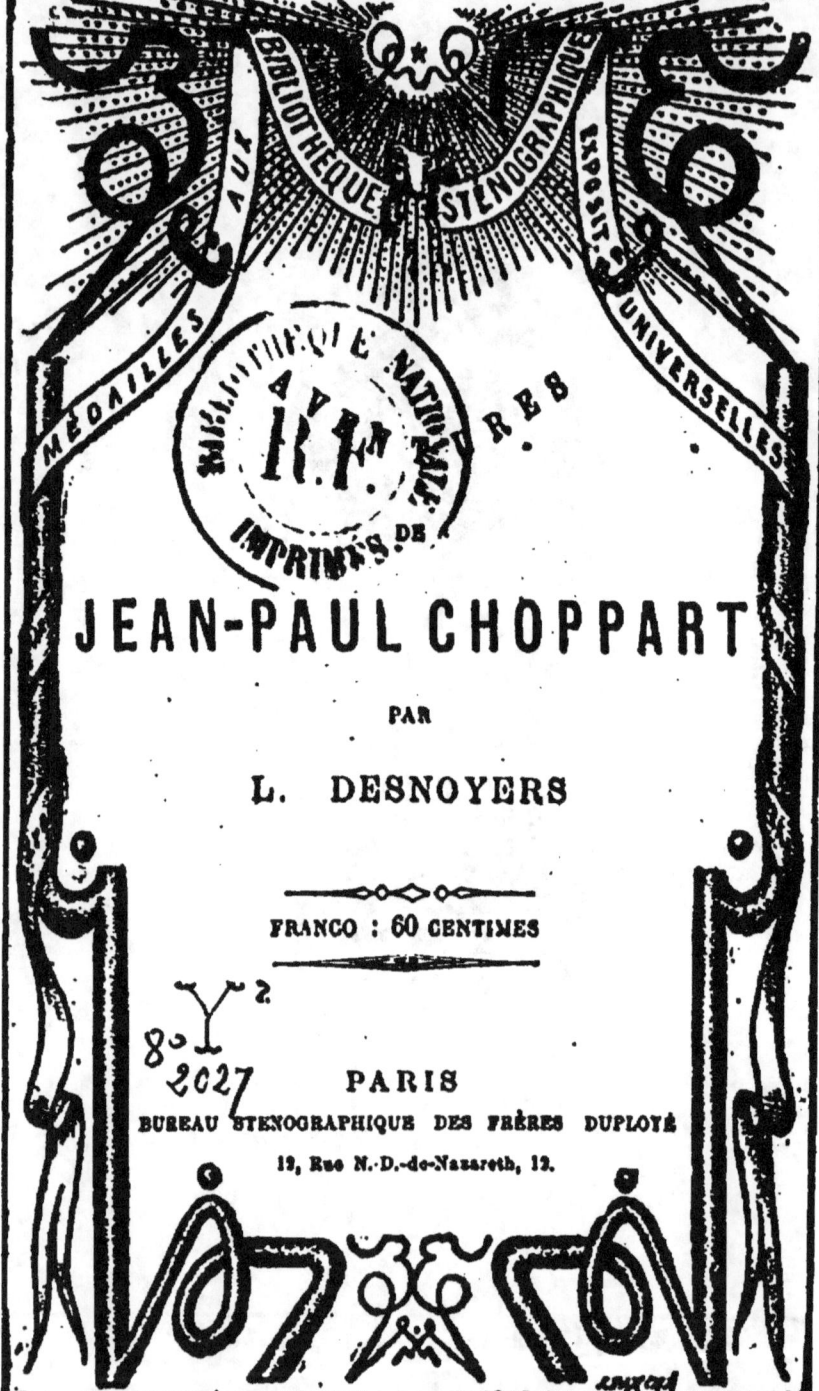

# JEAN-PAUL CHOPPART

PAR

## L. DESNOYERS

FRANCO : 60 CENTIMES

PARIS

BUREAU STÉNOGRAPHIQUE DES FRÈRES DUPLOYÉ

12, Rue N.-D.-de-Nazareth, 12.

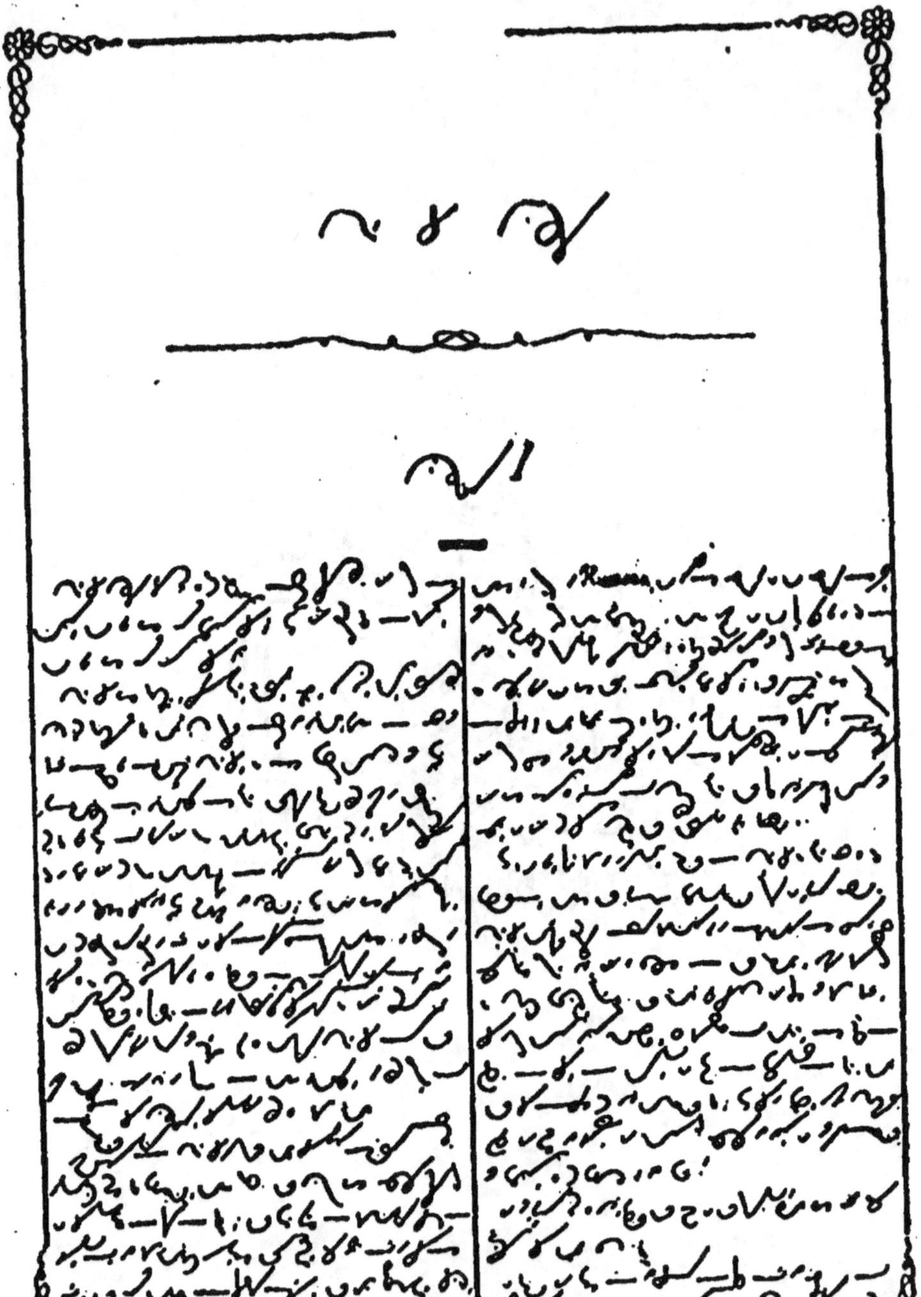

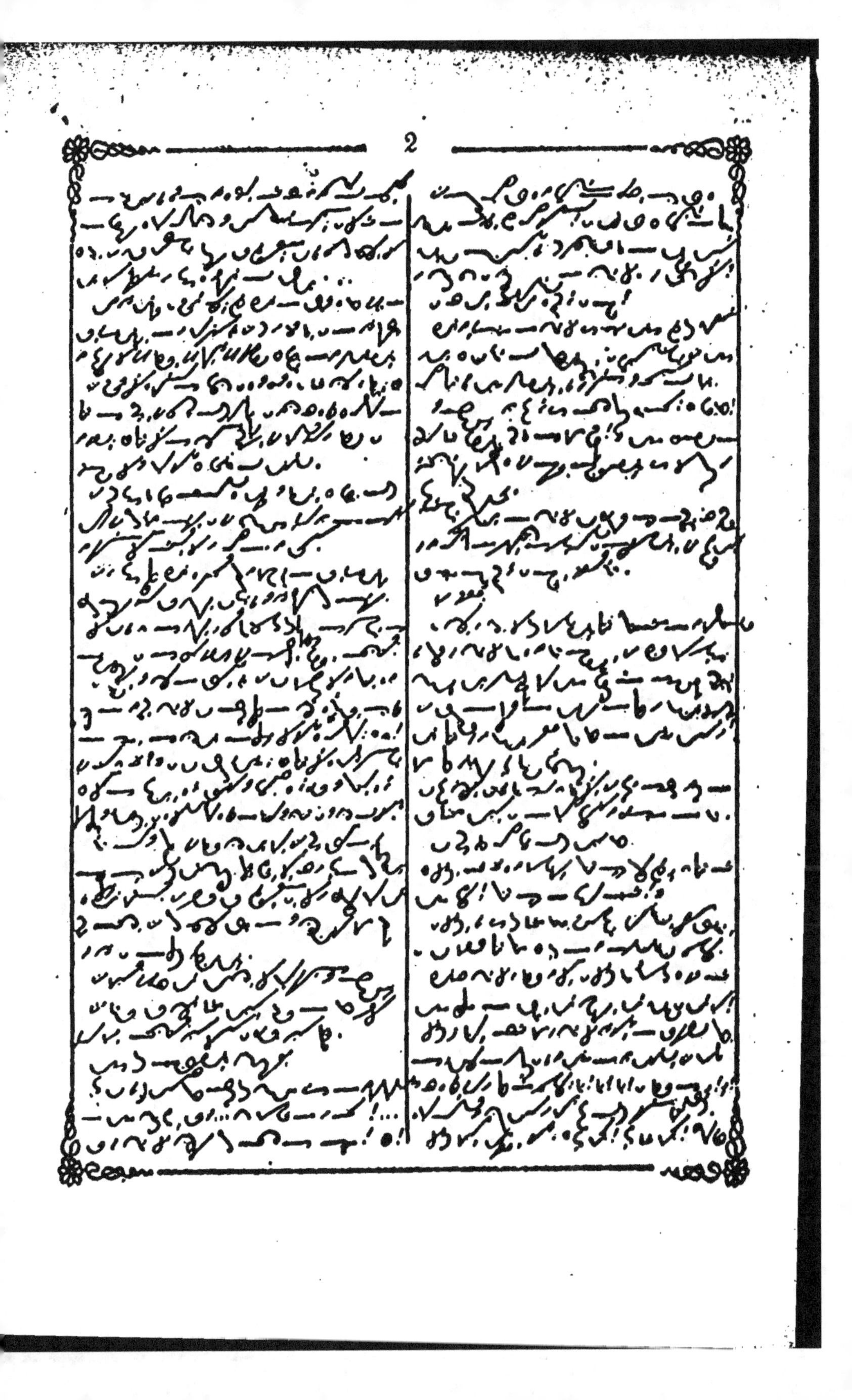

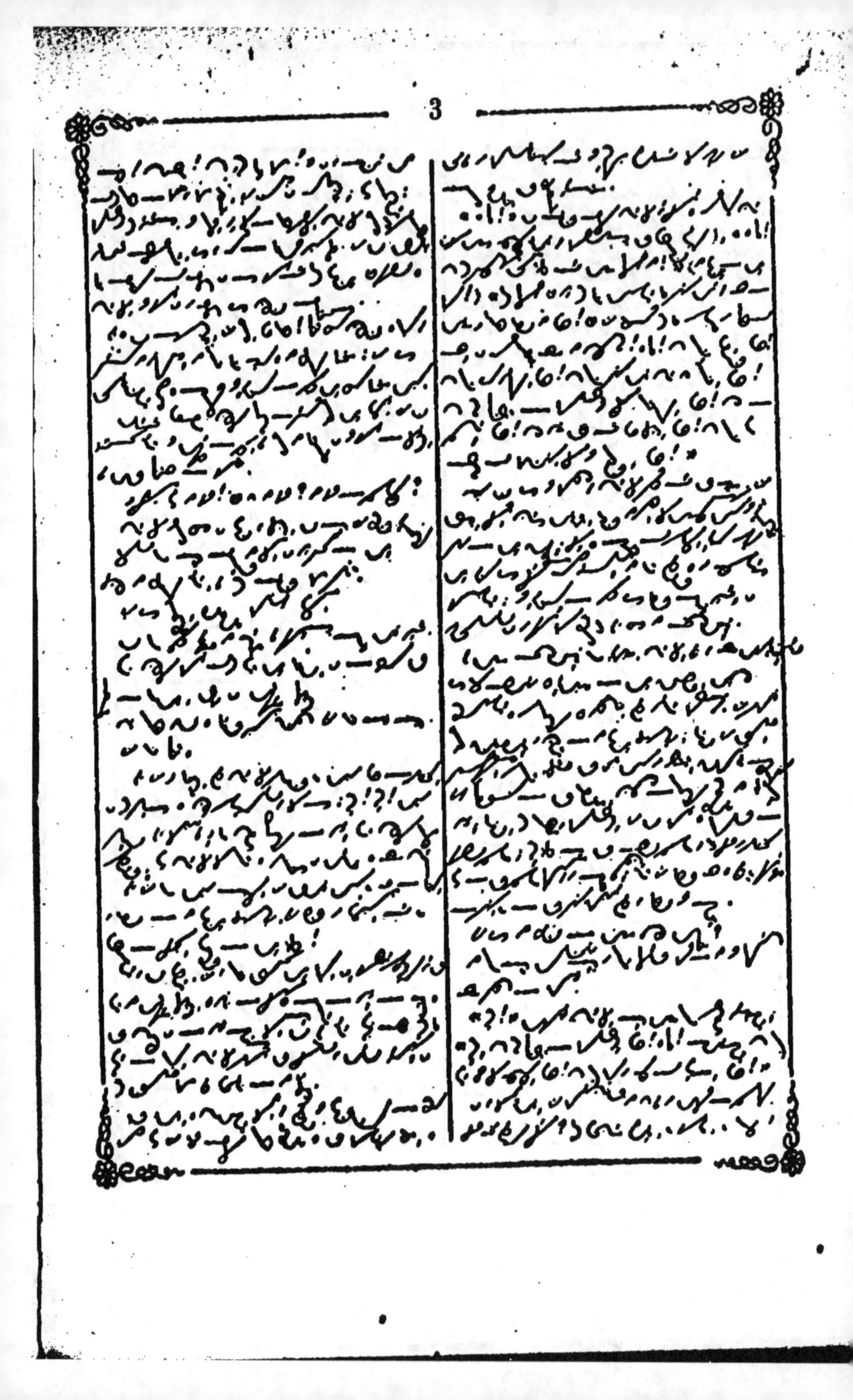

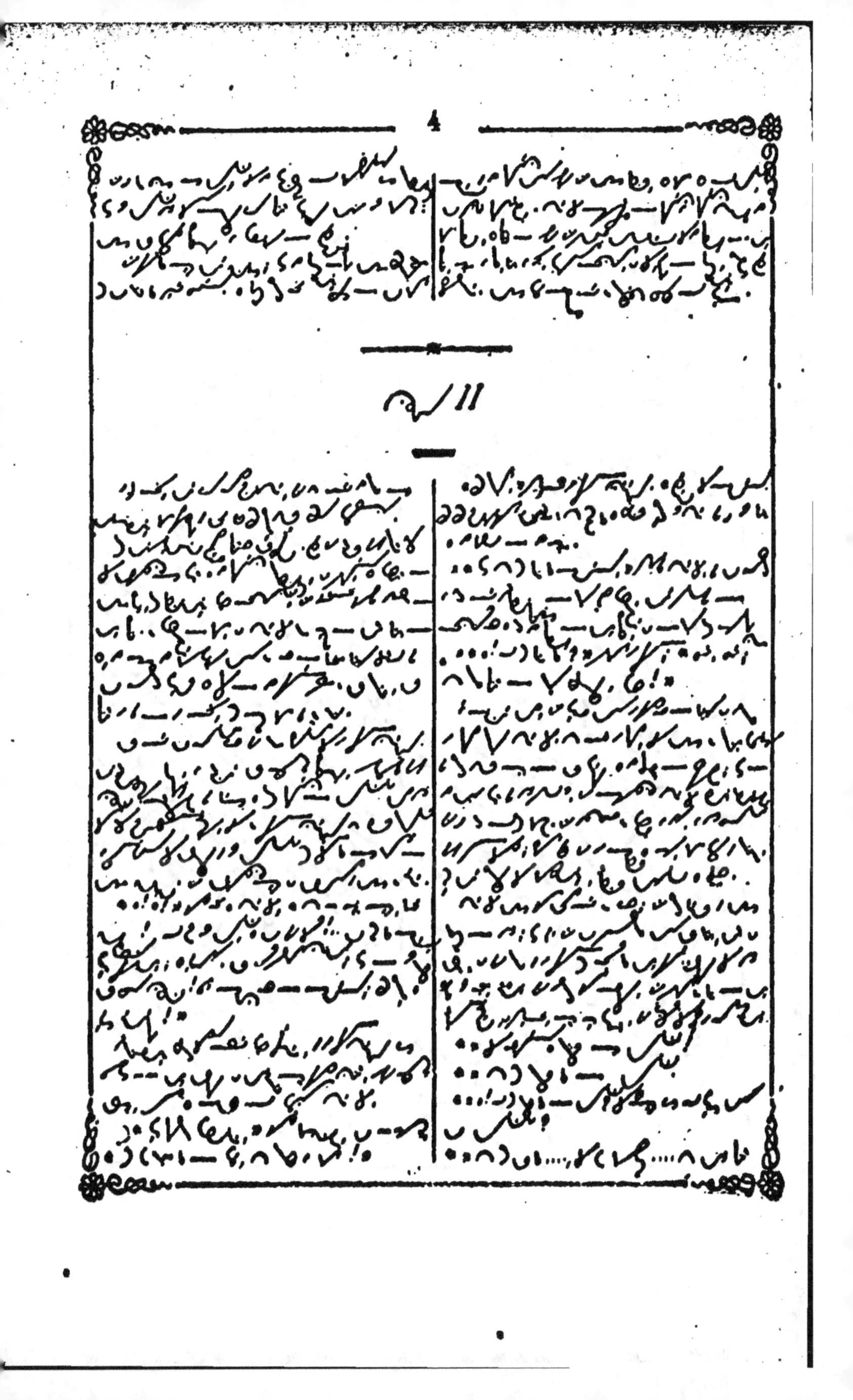

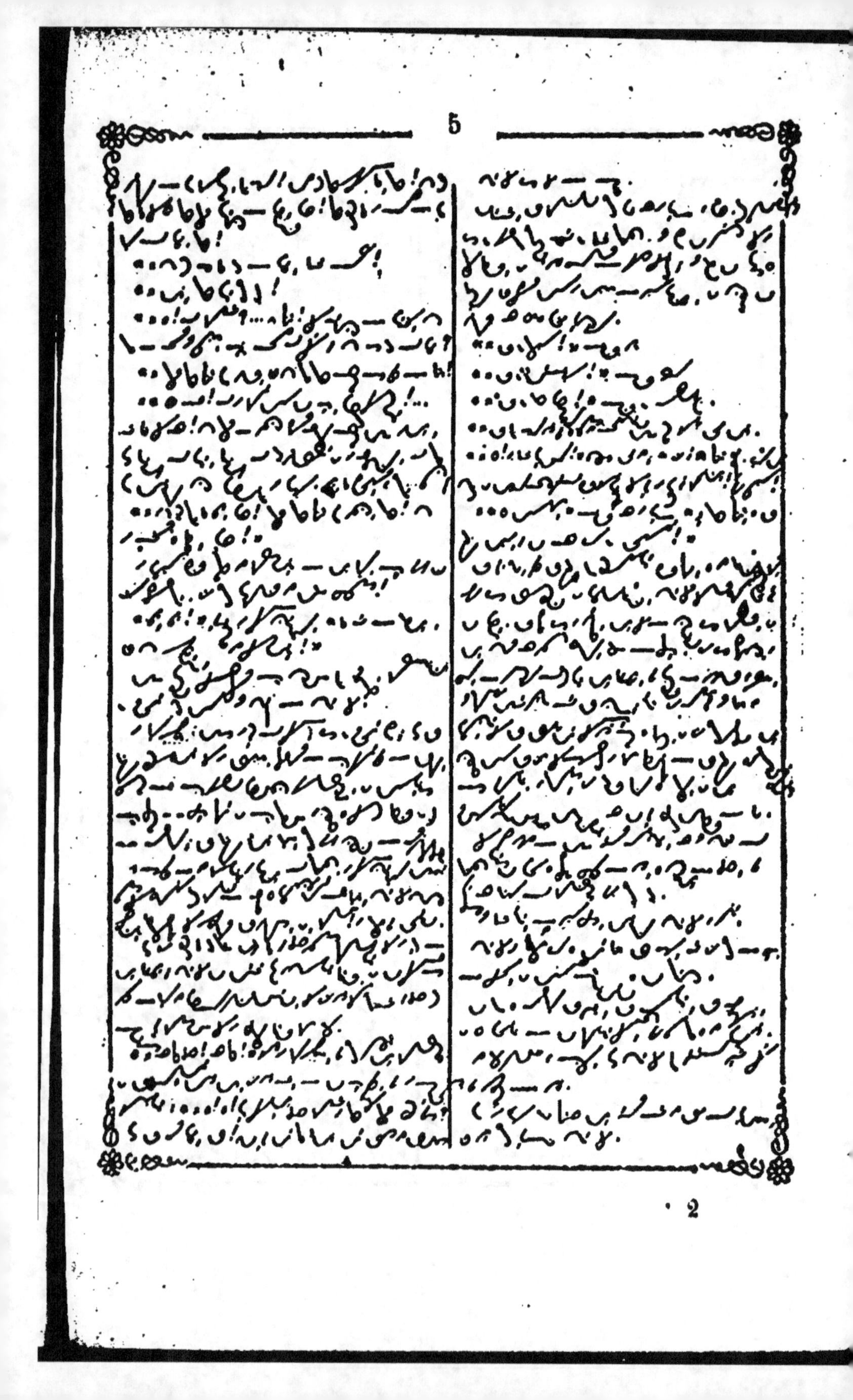

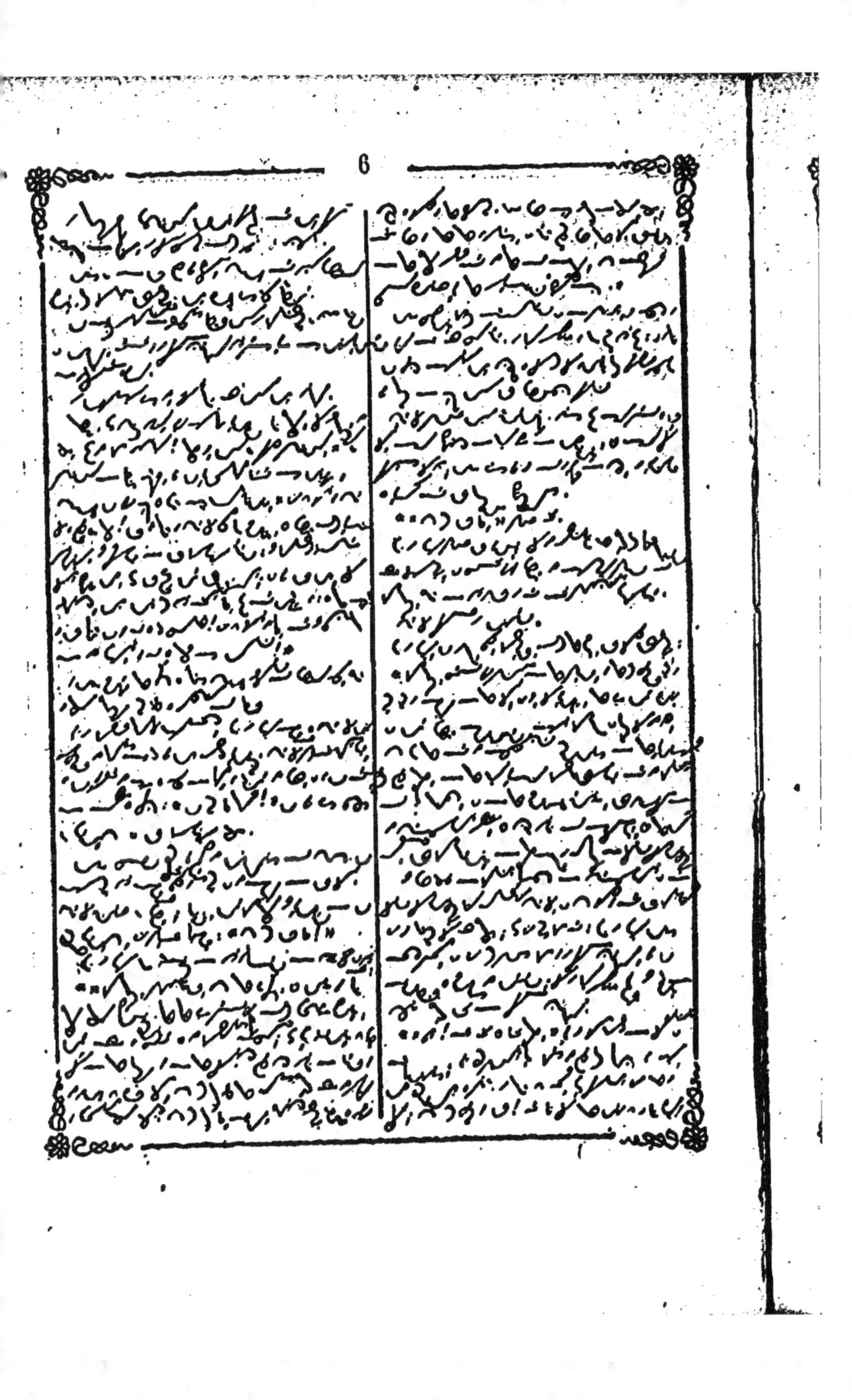

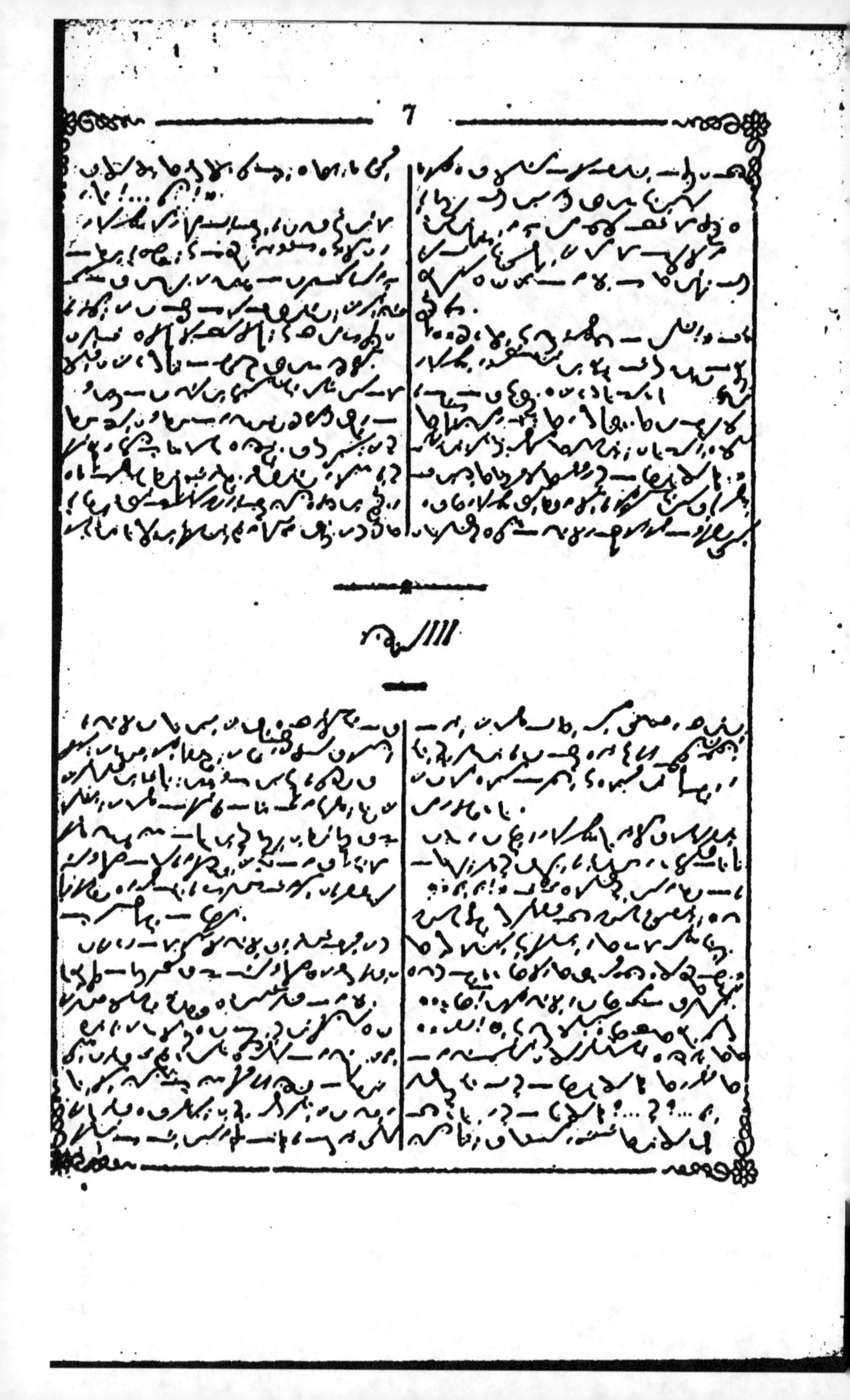

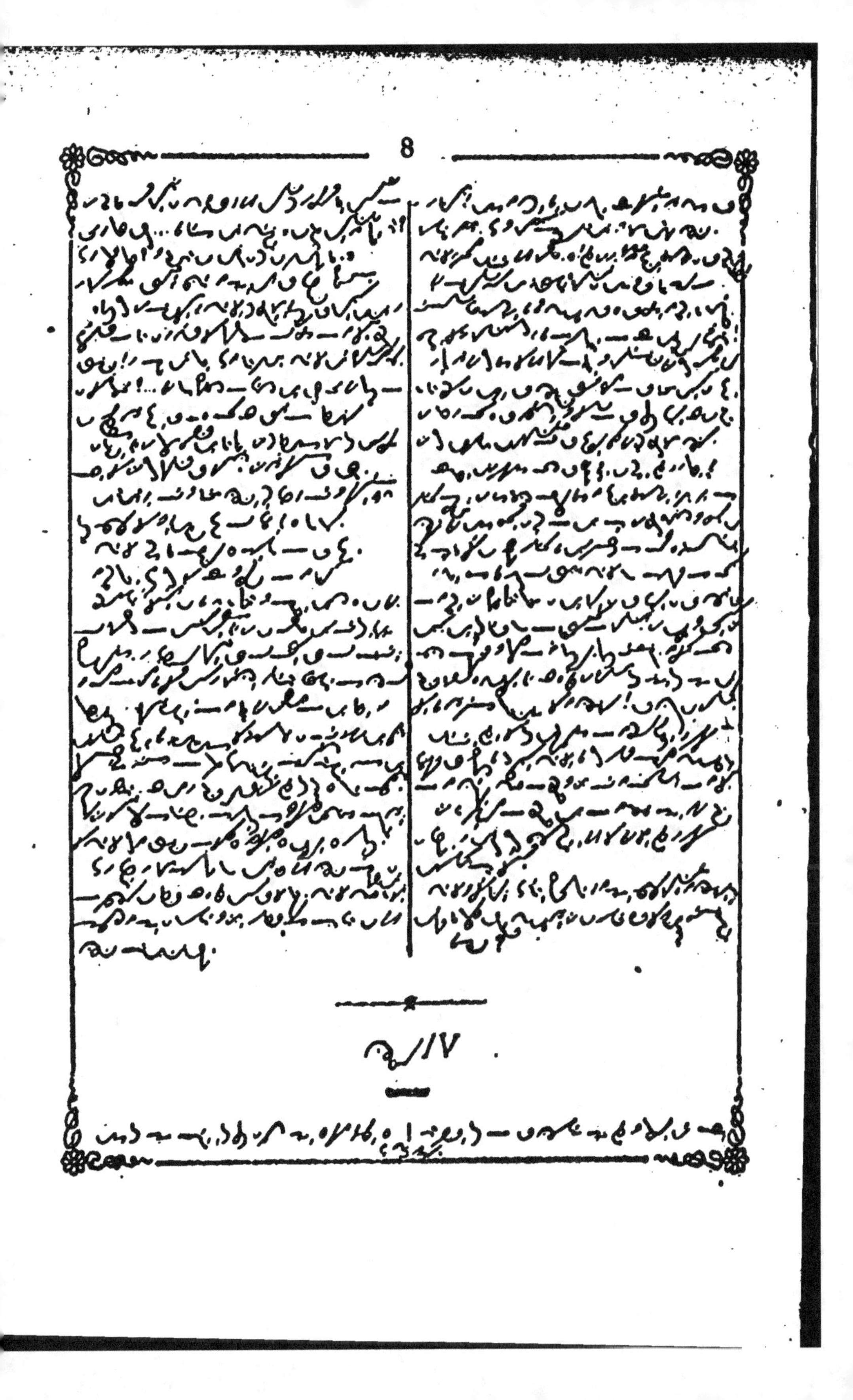

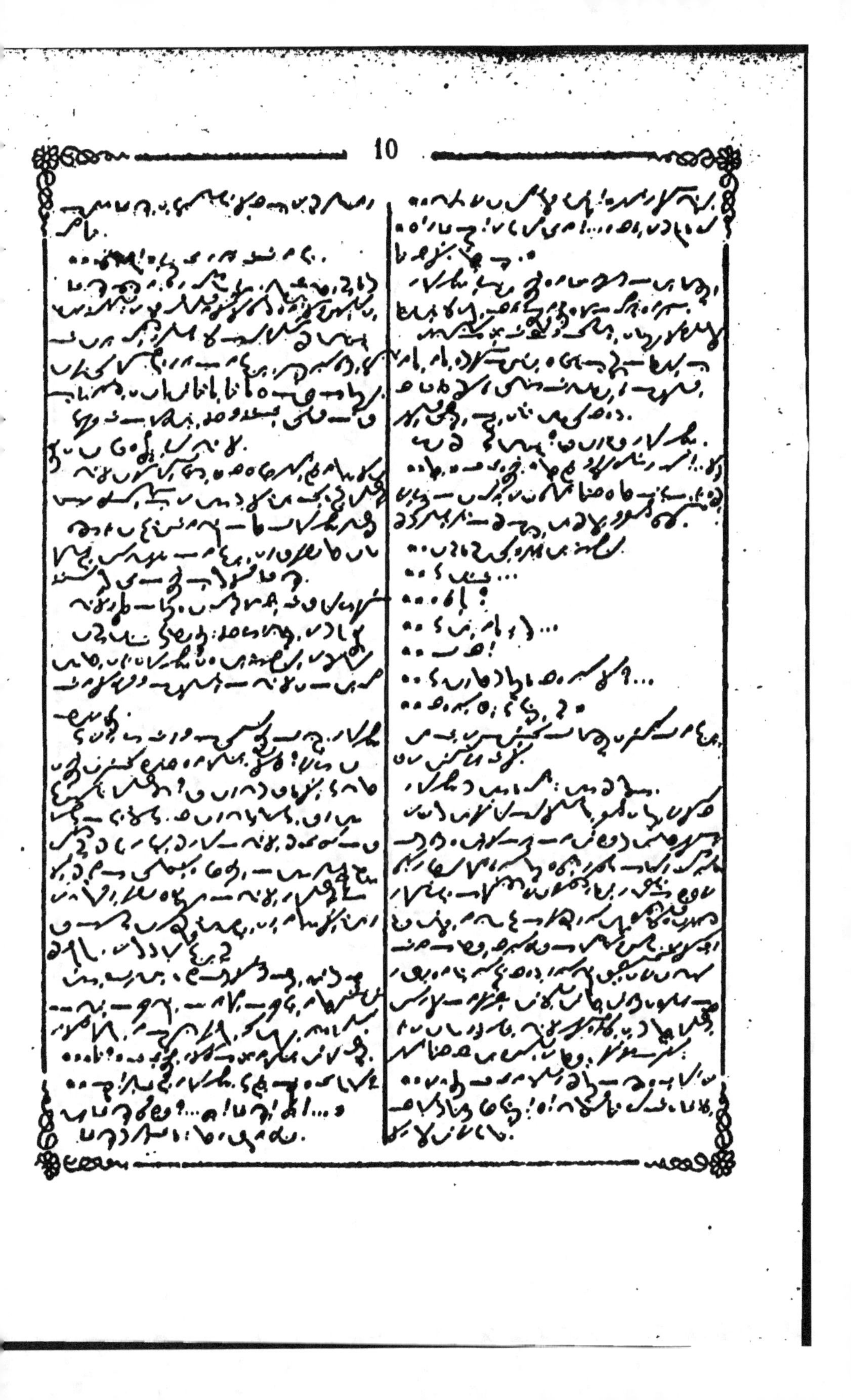

[The page content consists of handwritten Urdu/Persian text in two columns that is too unclear to transcribe accurately.]

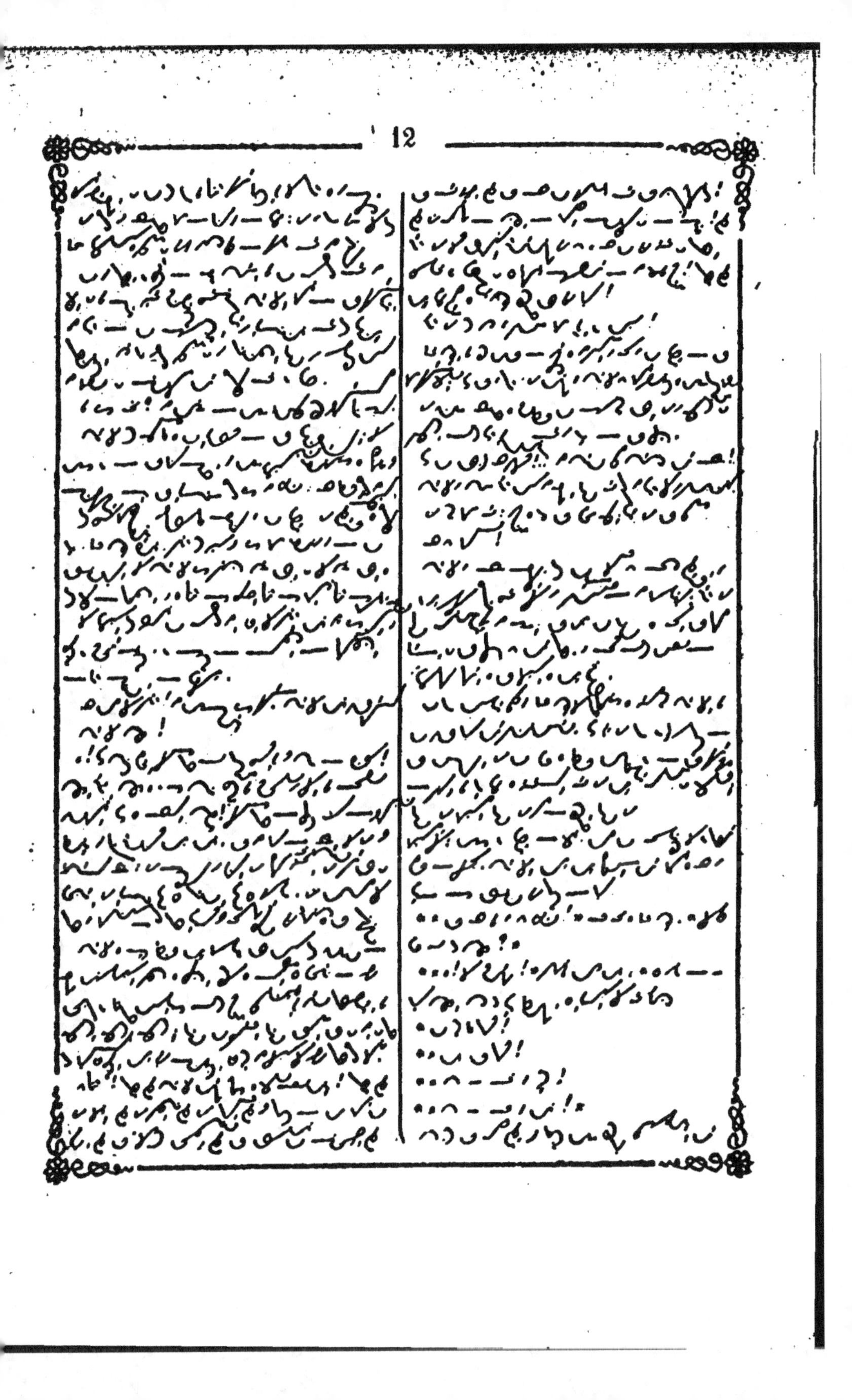

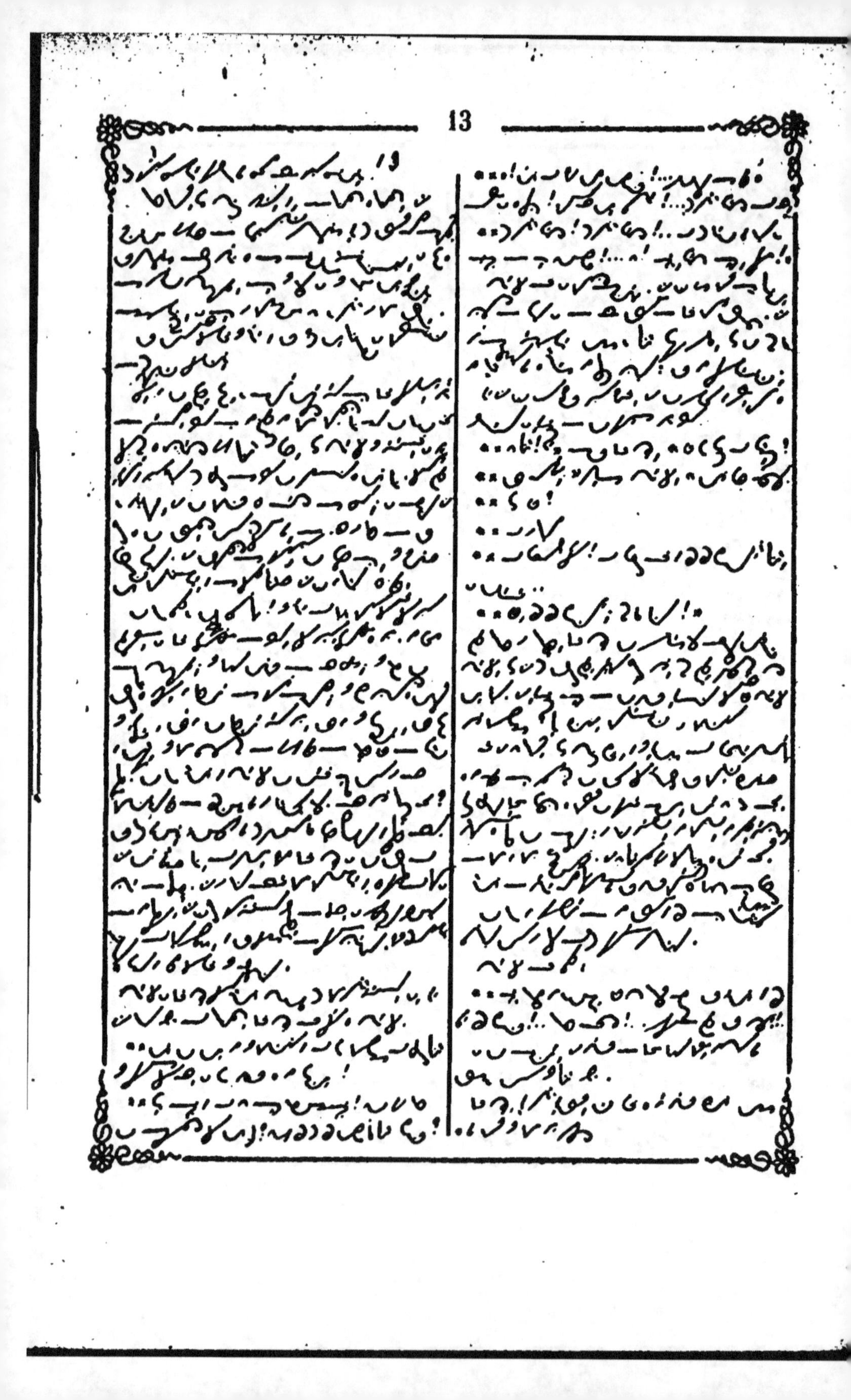

# VI

VII

VIII

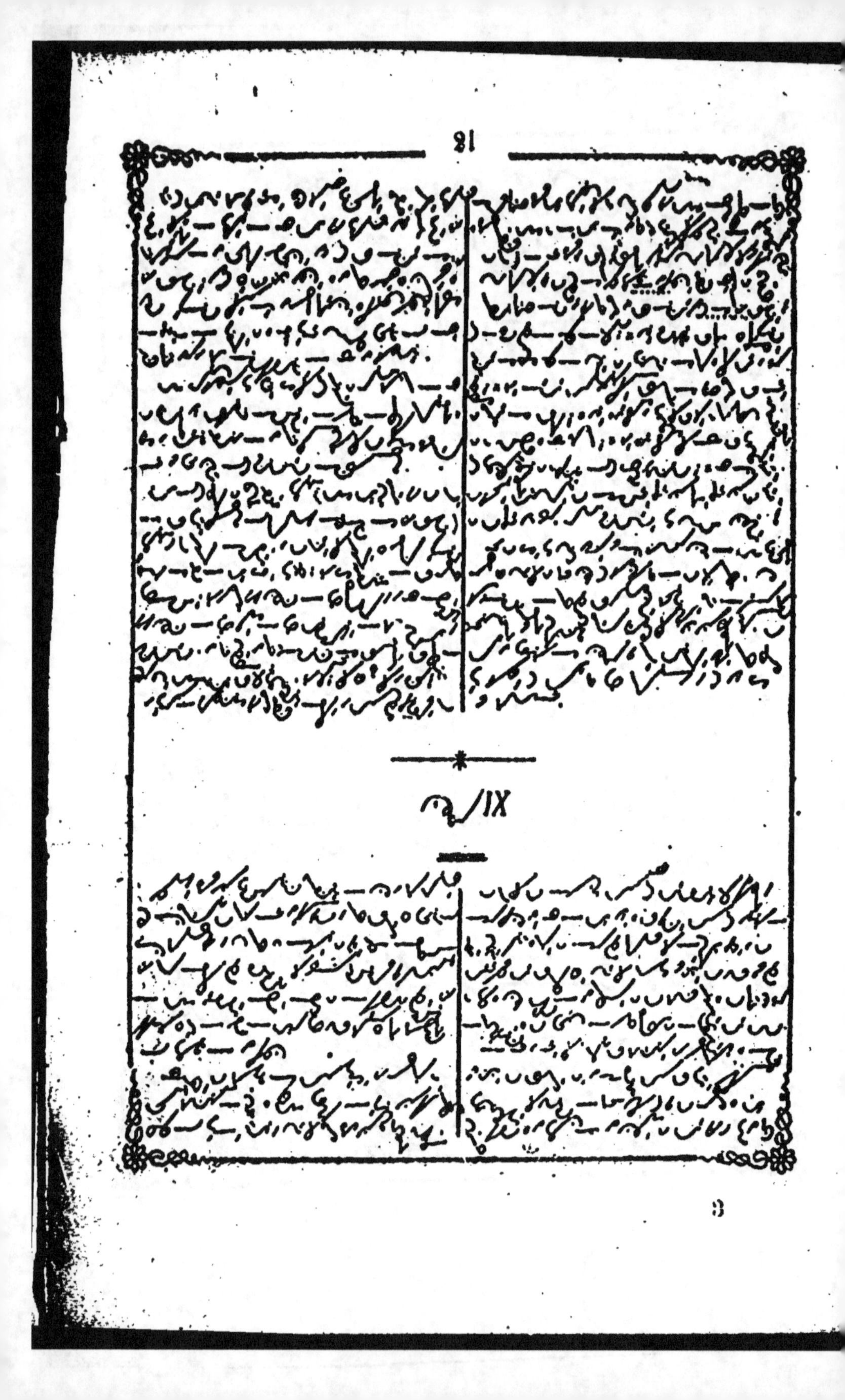

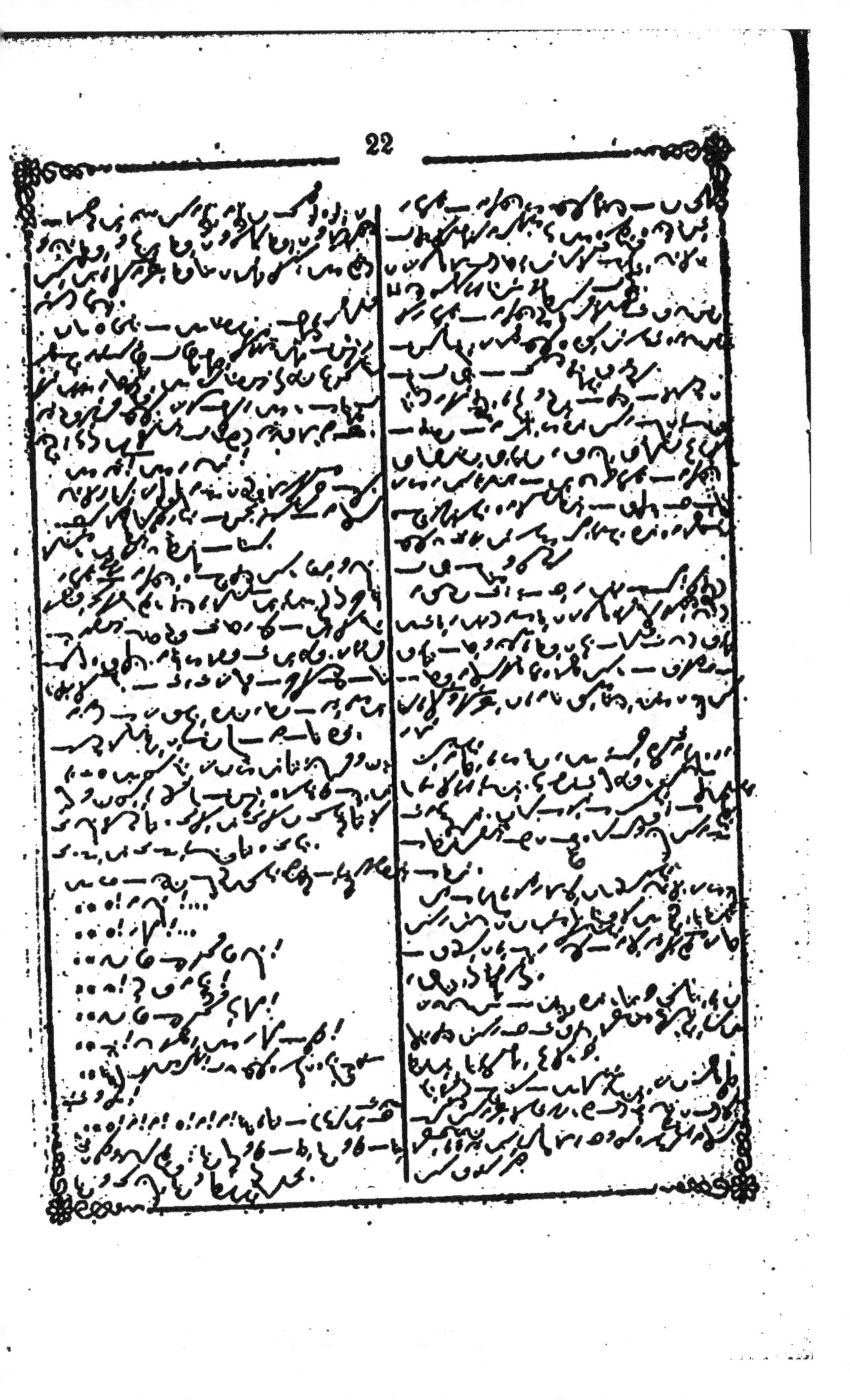

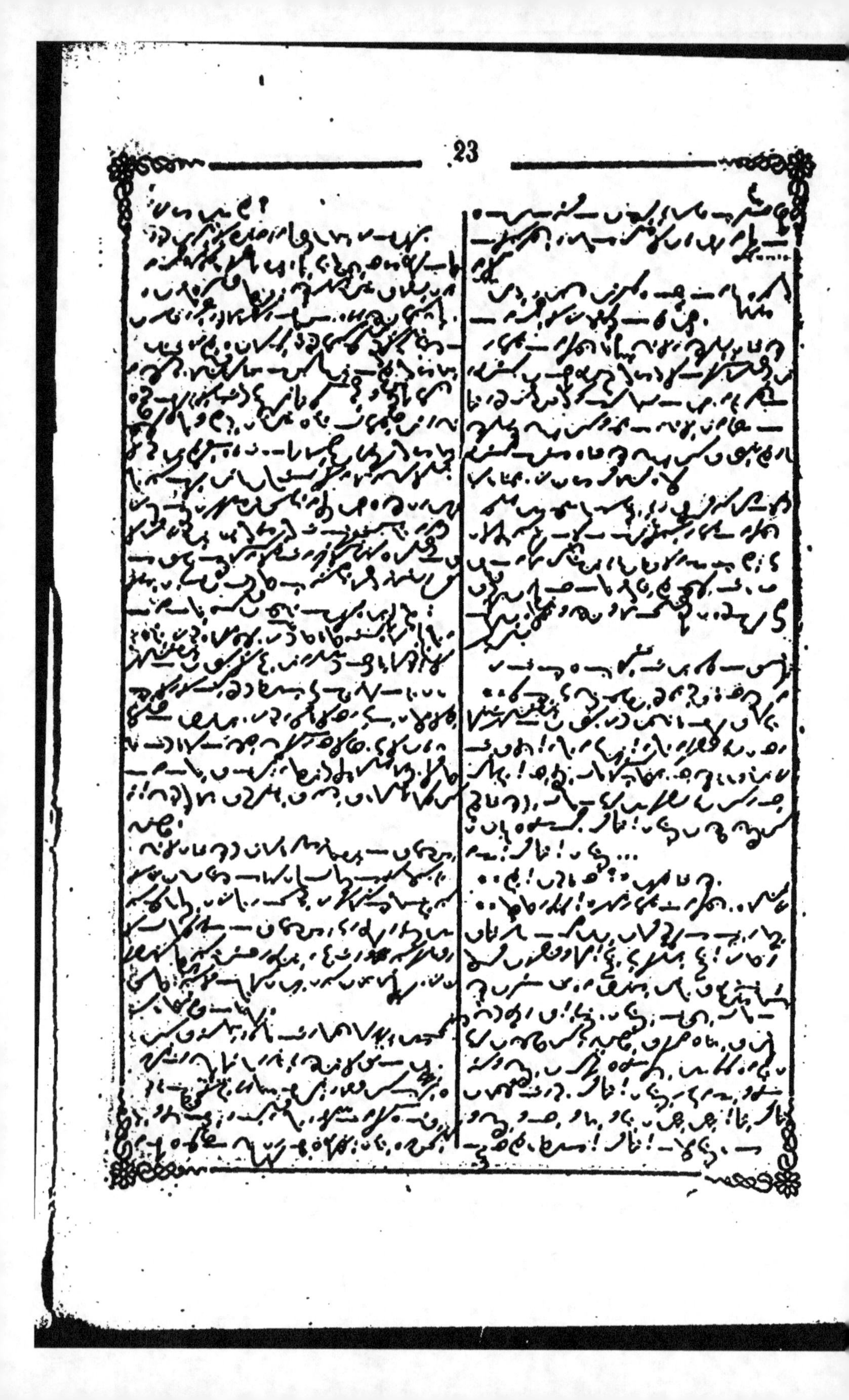

*Tschina - Tschina - Tschina,*

۱۲ / XII

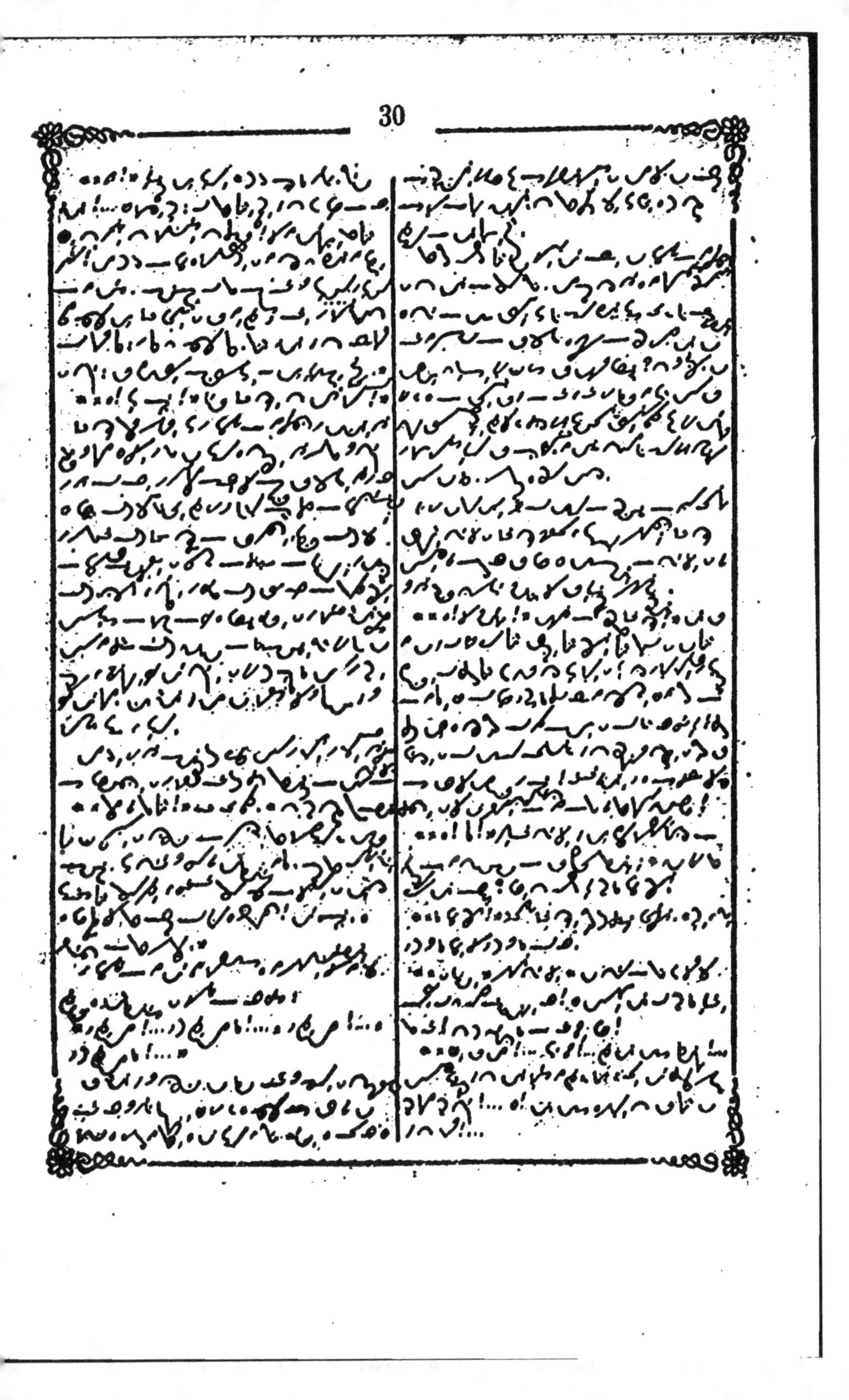

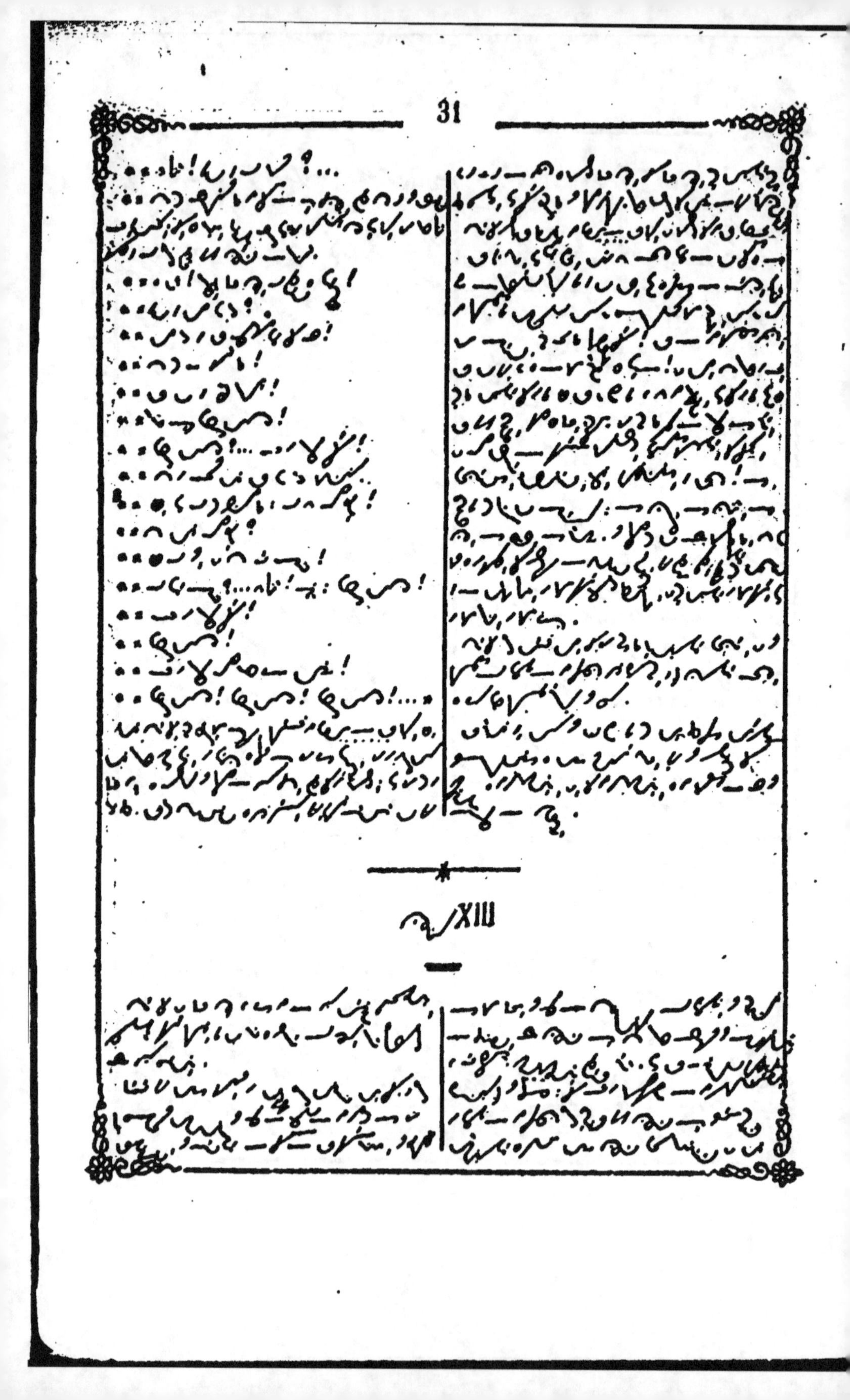

*[Page content is in Sindhi/Urdu script written in shorthand-style handwriting that is not clearly legible for accurate transcription.]*

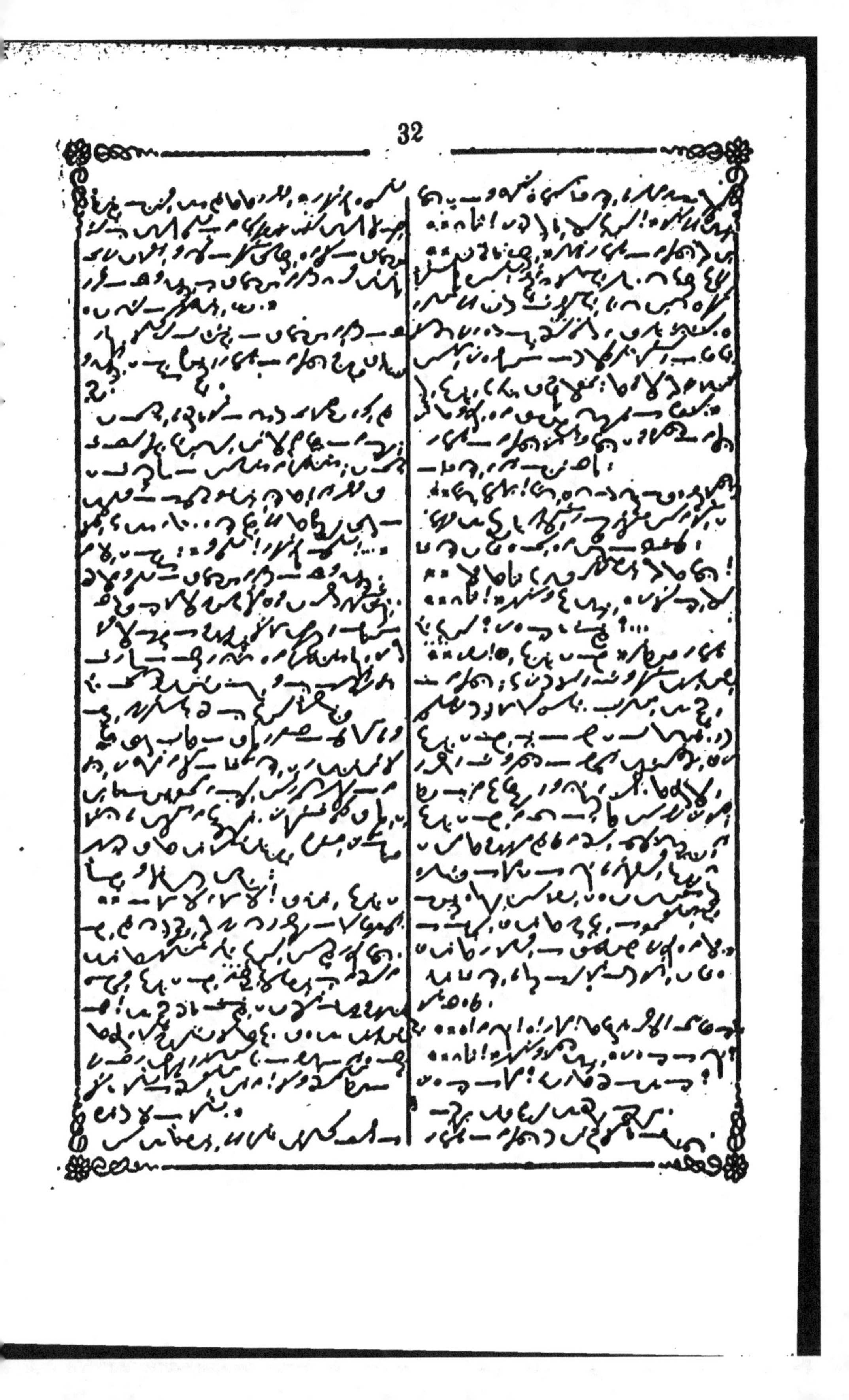

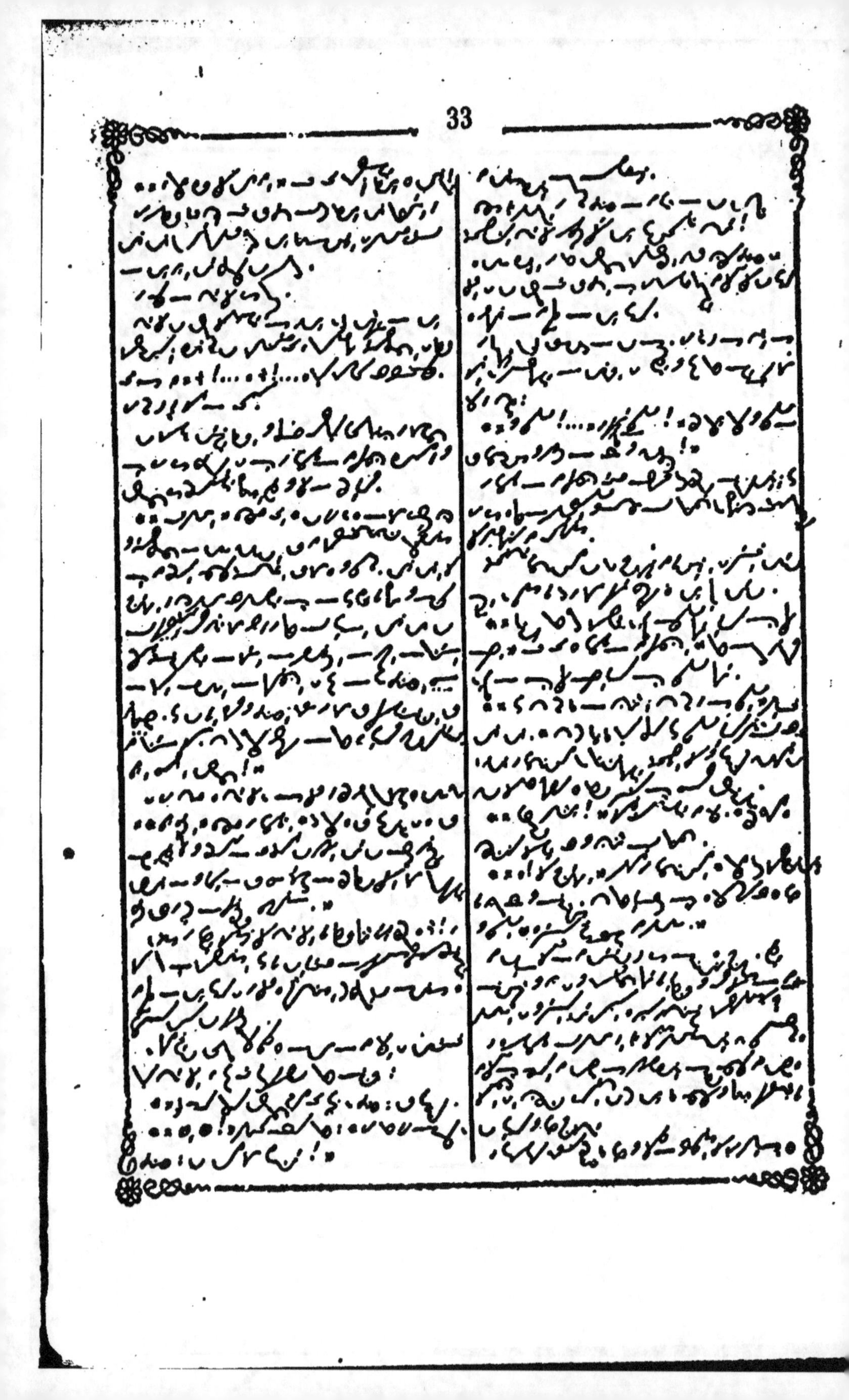

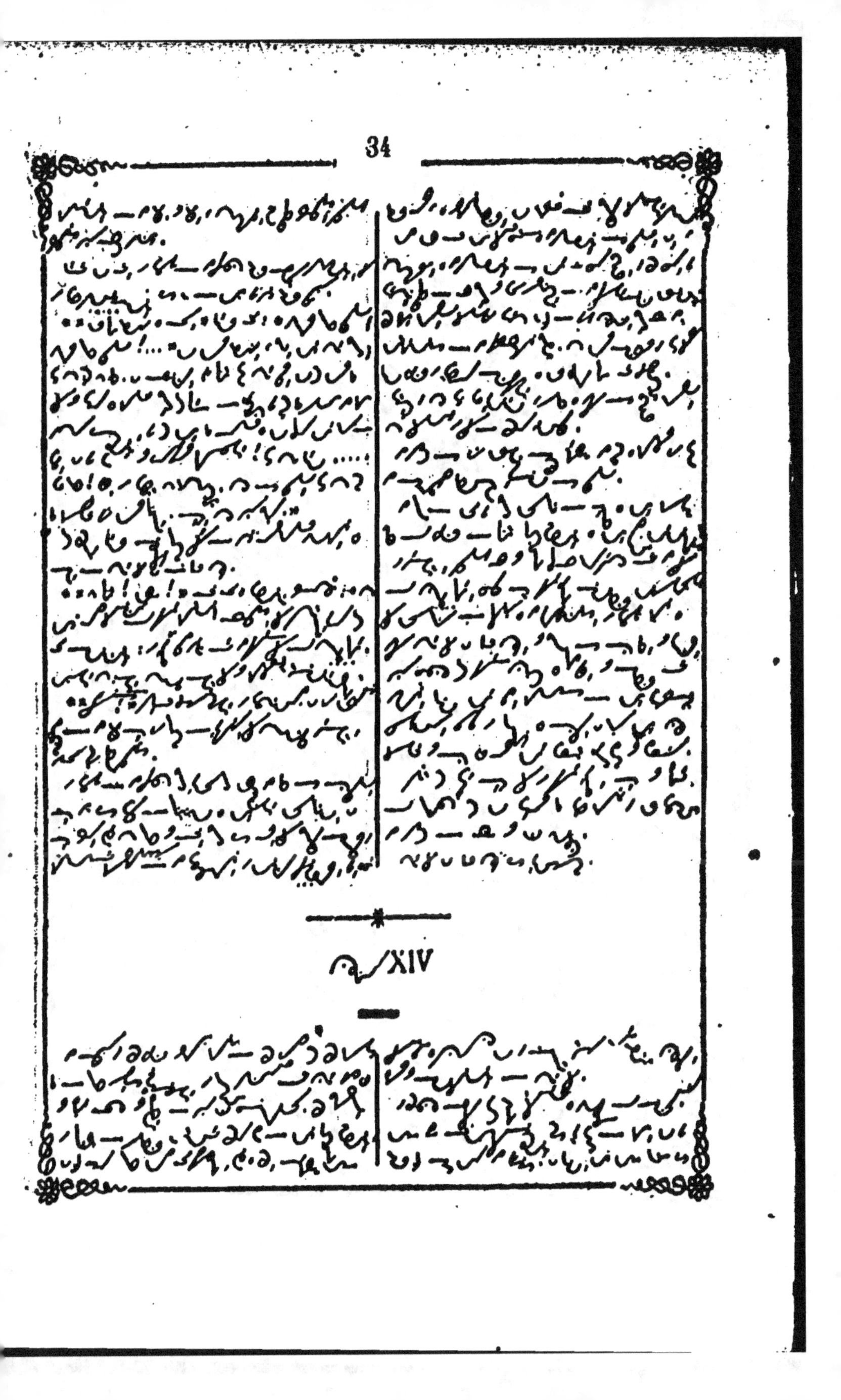

XIV

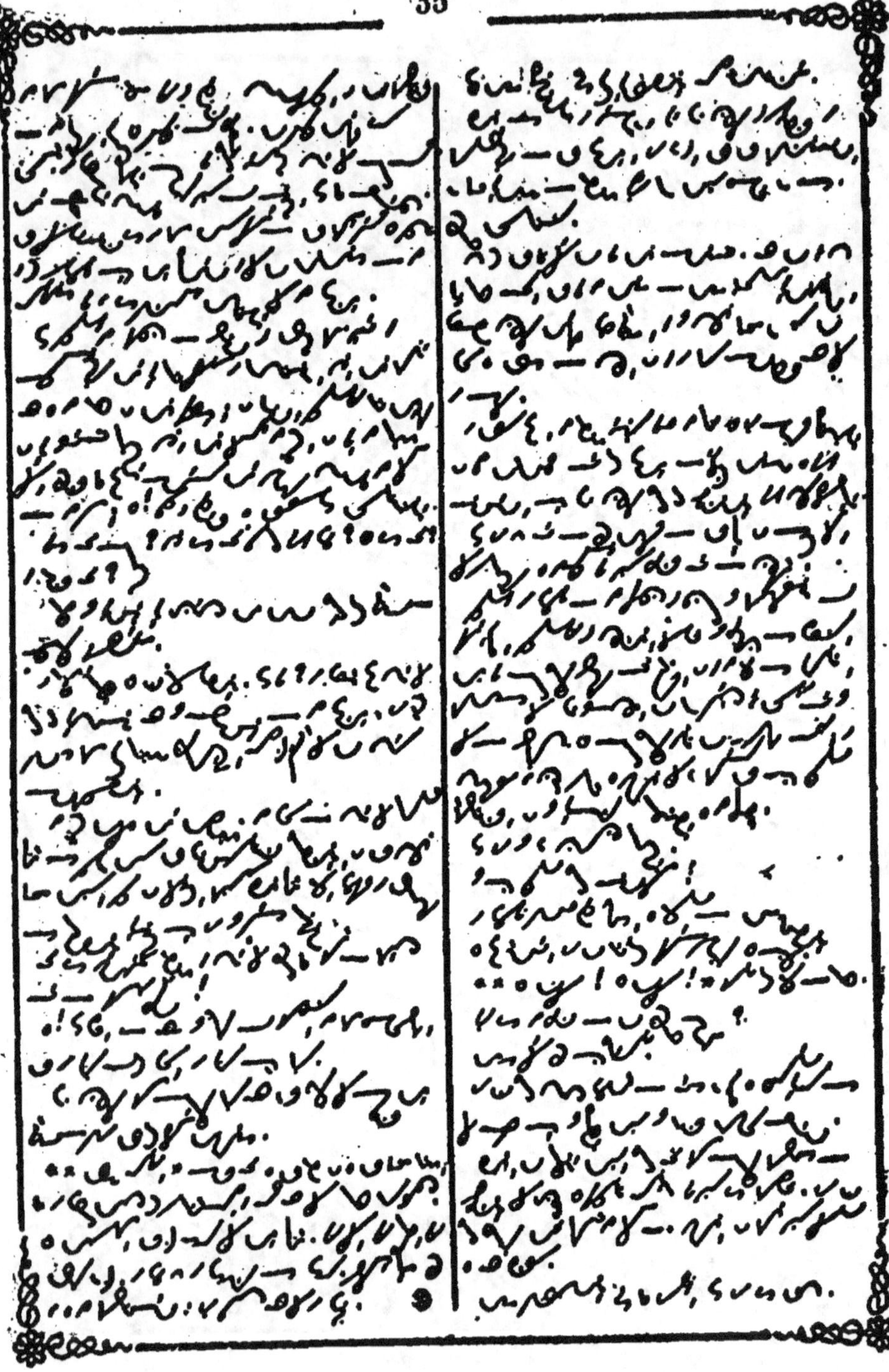

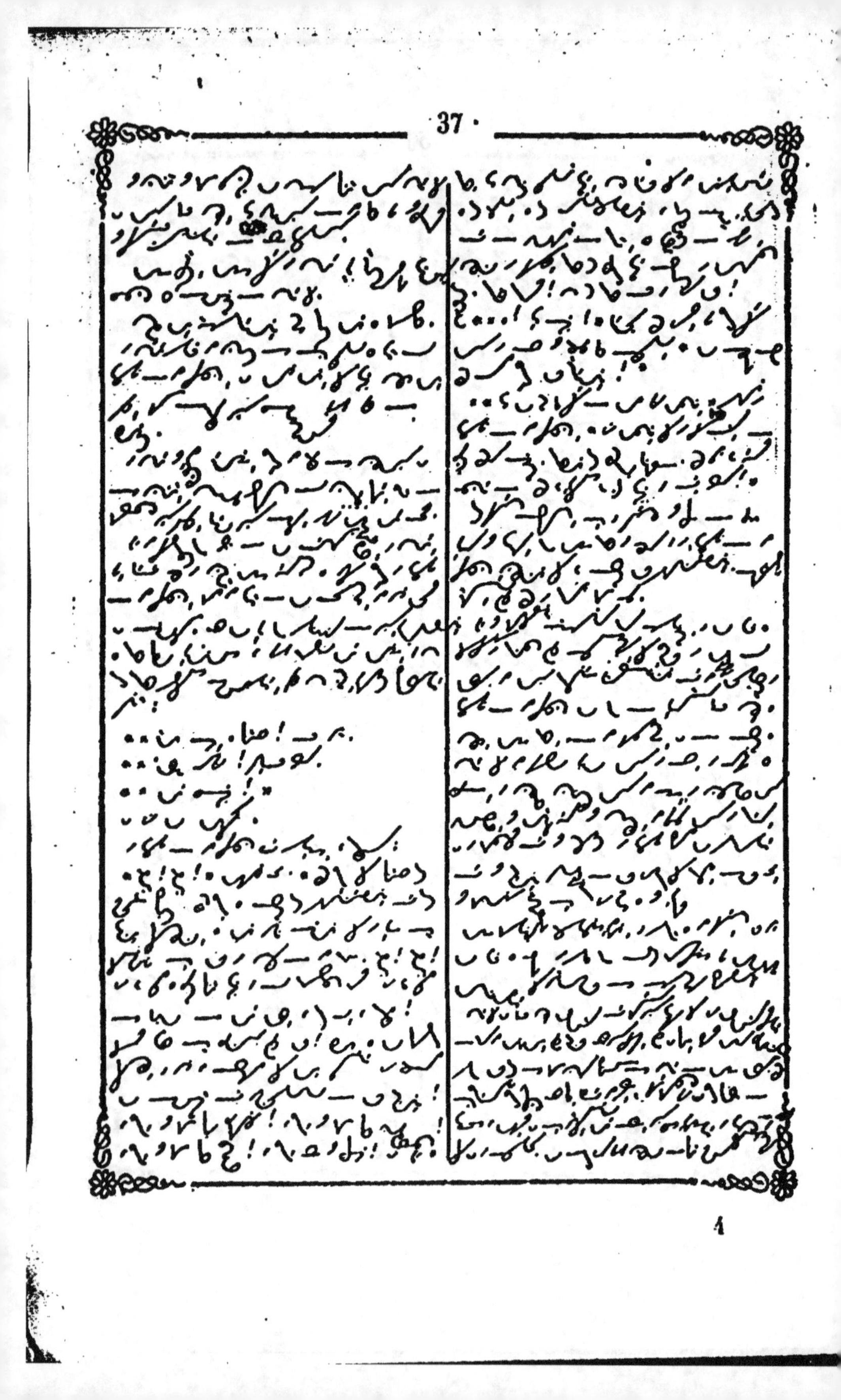

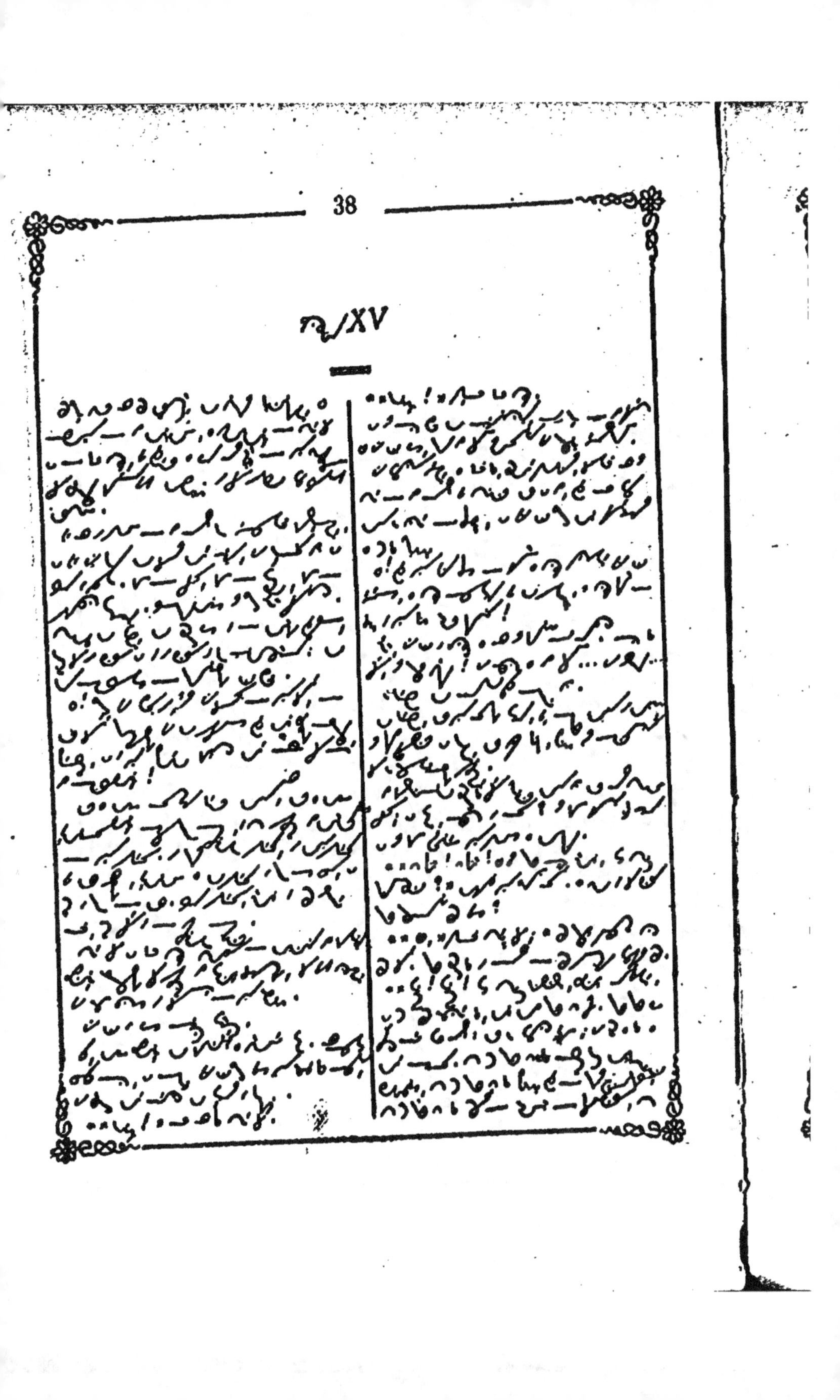

/XV

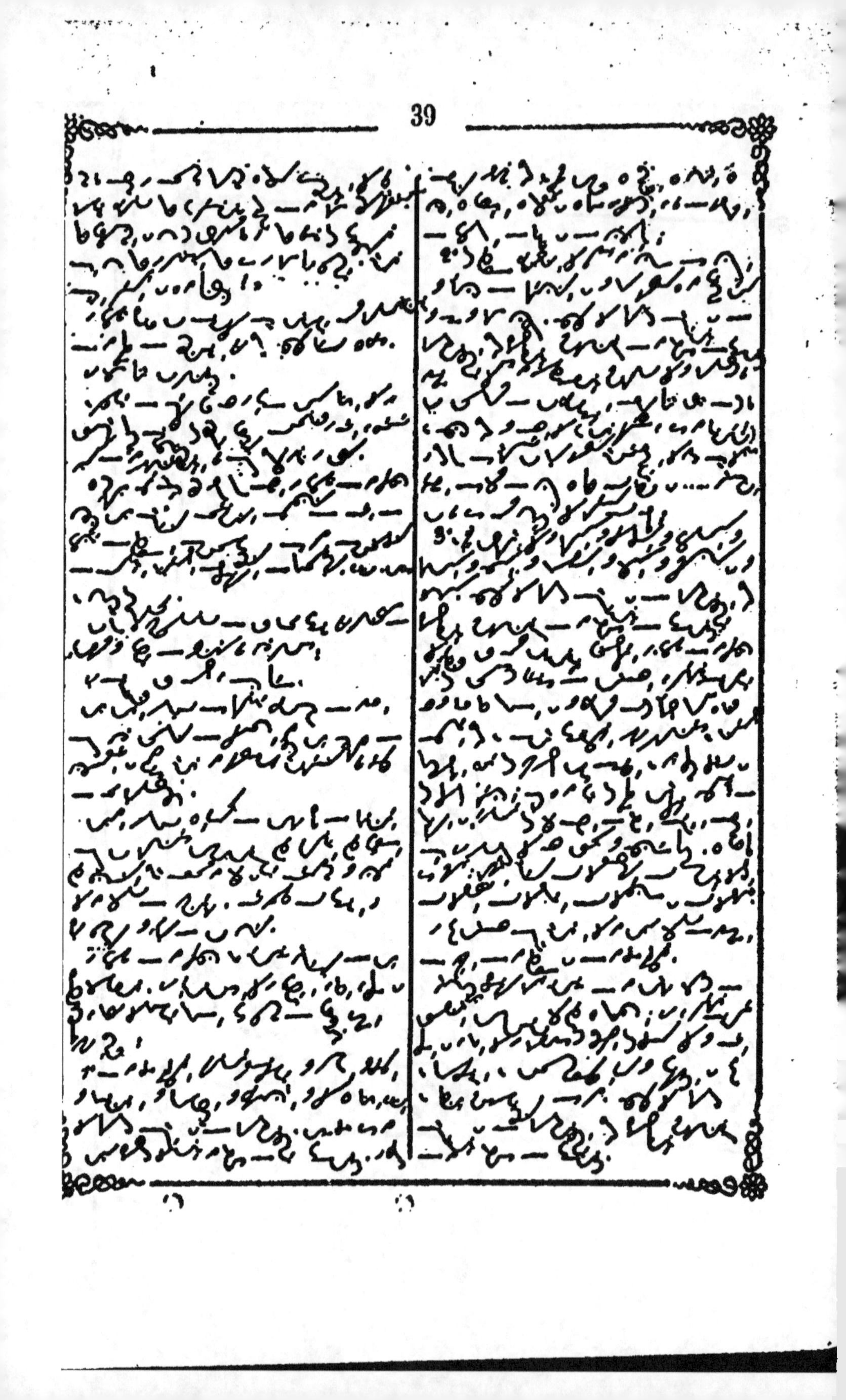

[The page contains handwritten text in a script that is too stylized/cursive to reliably transcribe.]

— Monsieu

... Monsieu ...

— Monsieu.

— Monsieu,

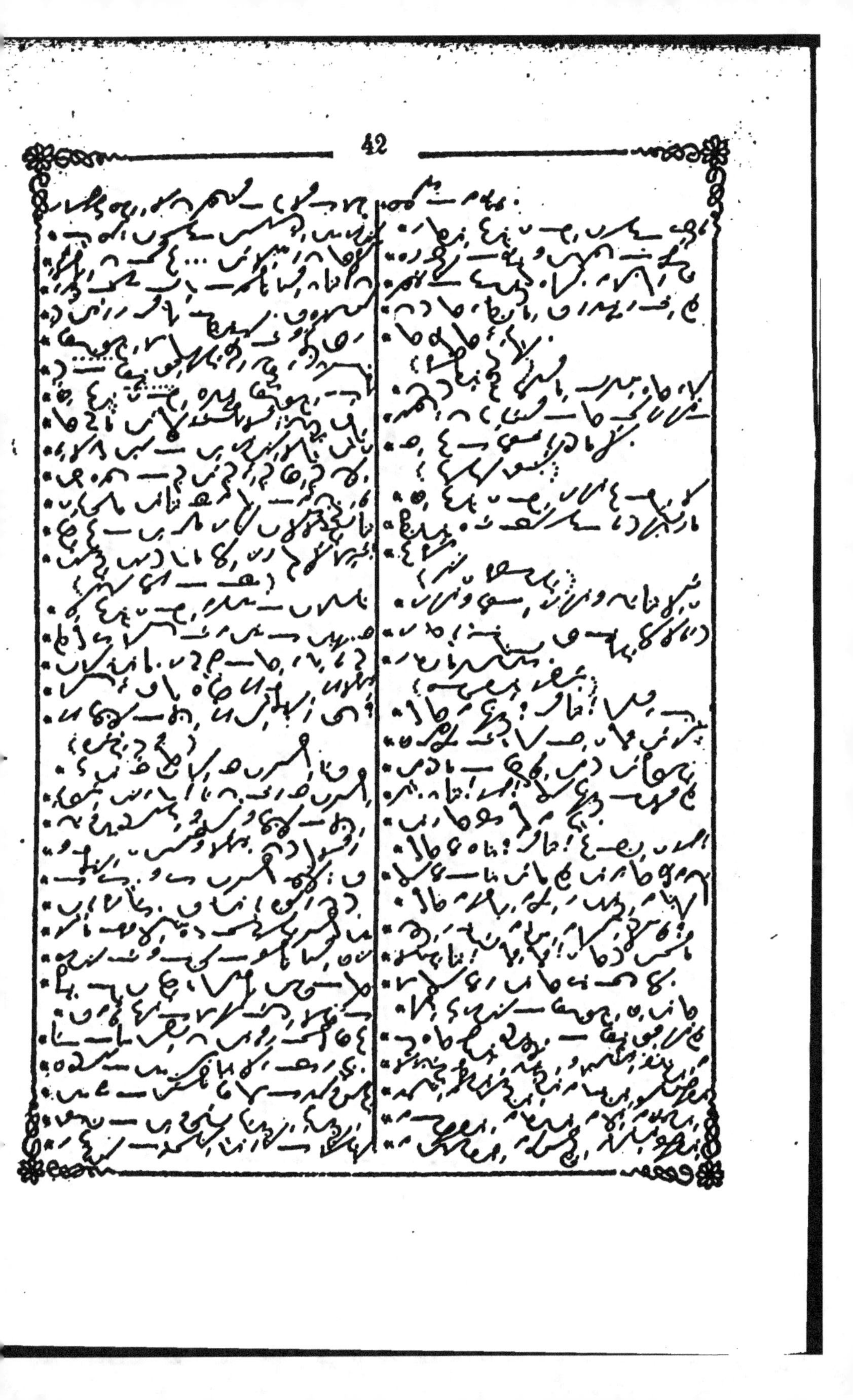

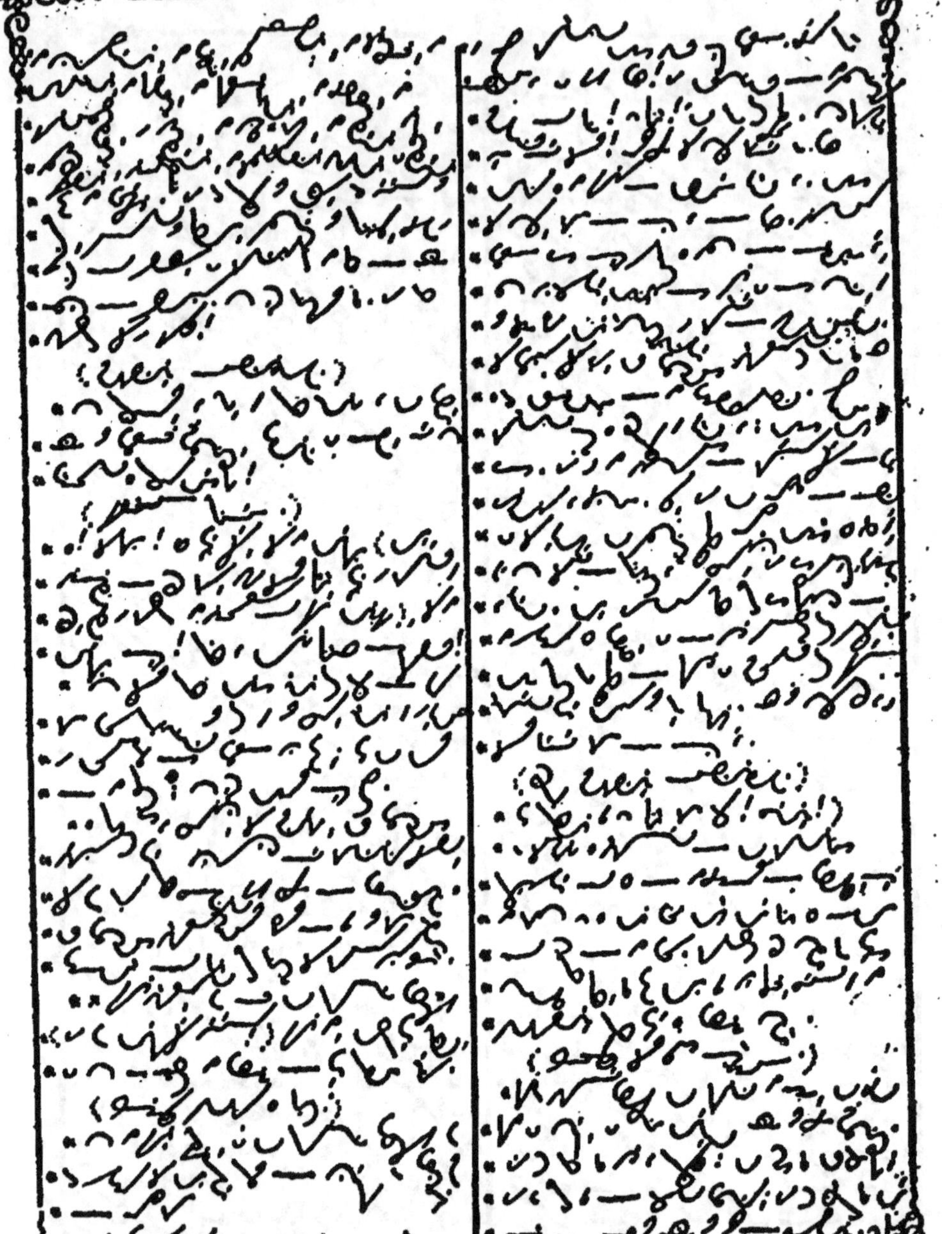

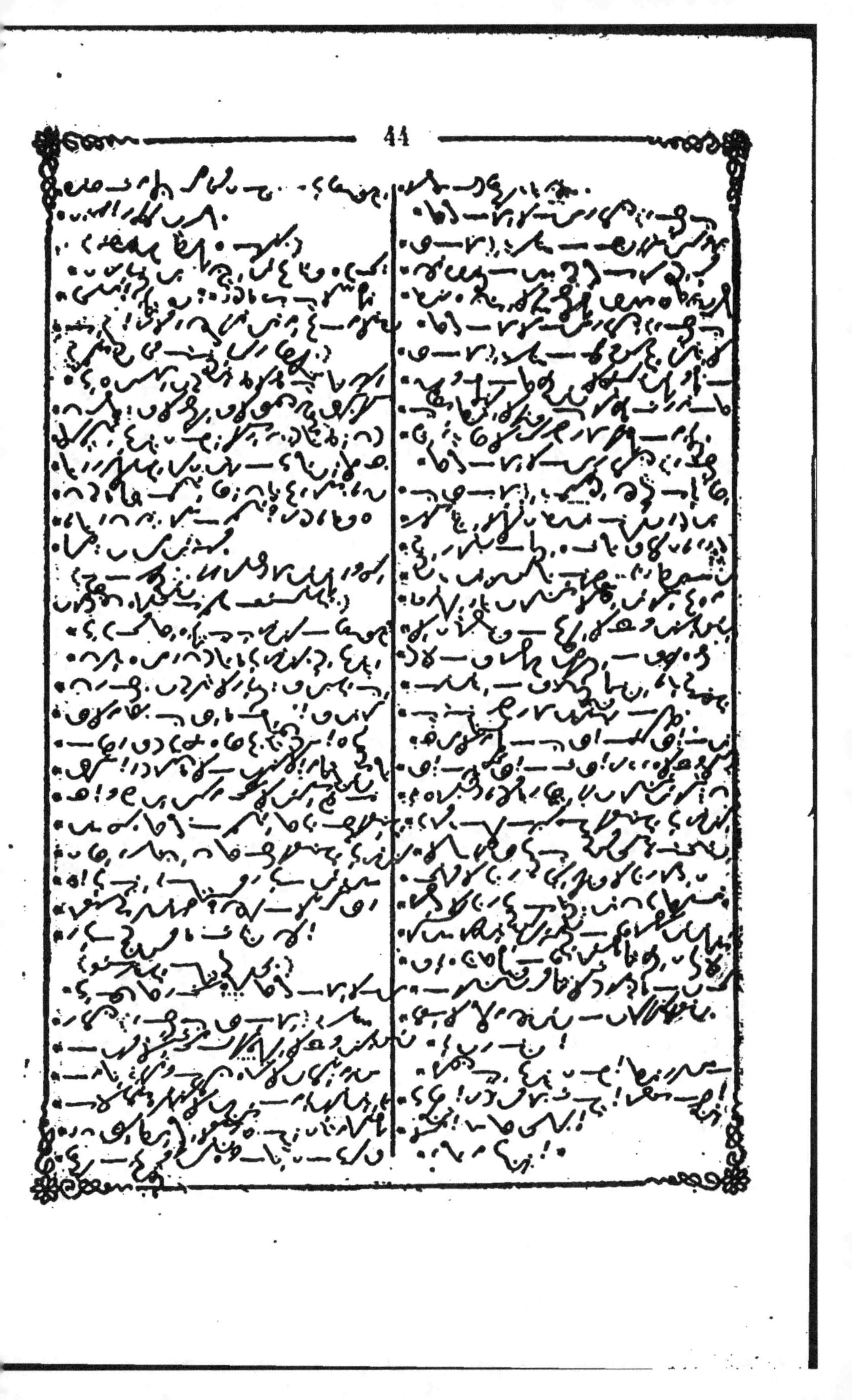

## XVI

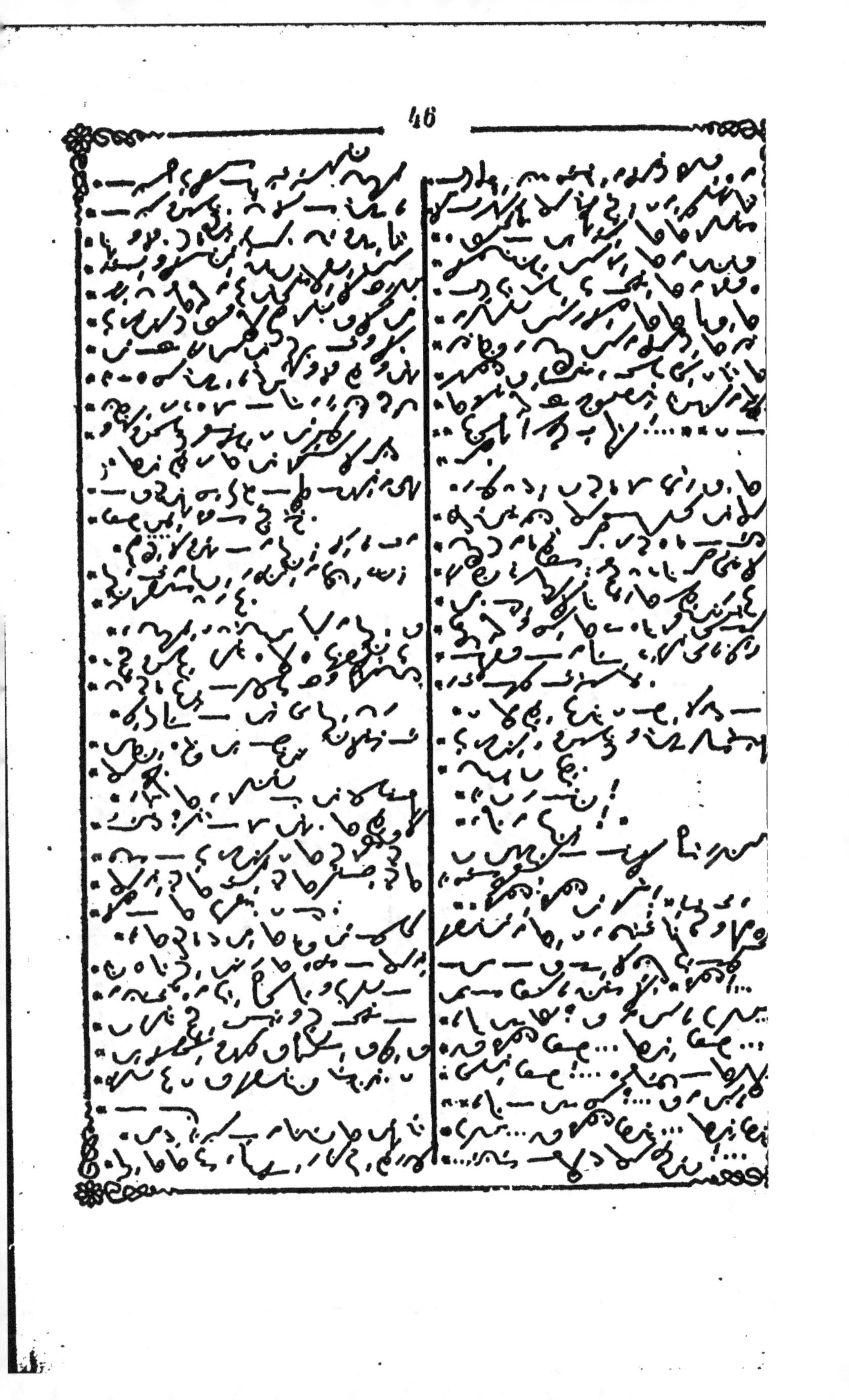

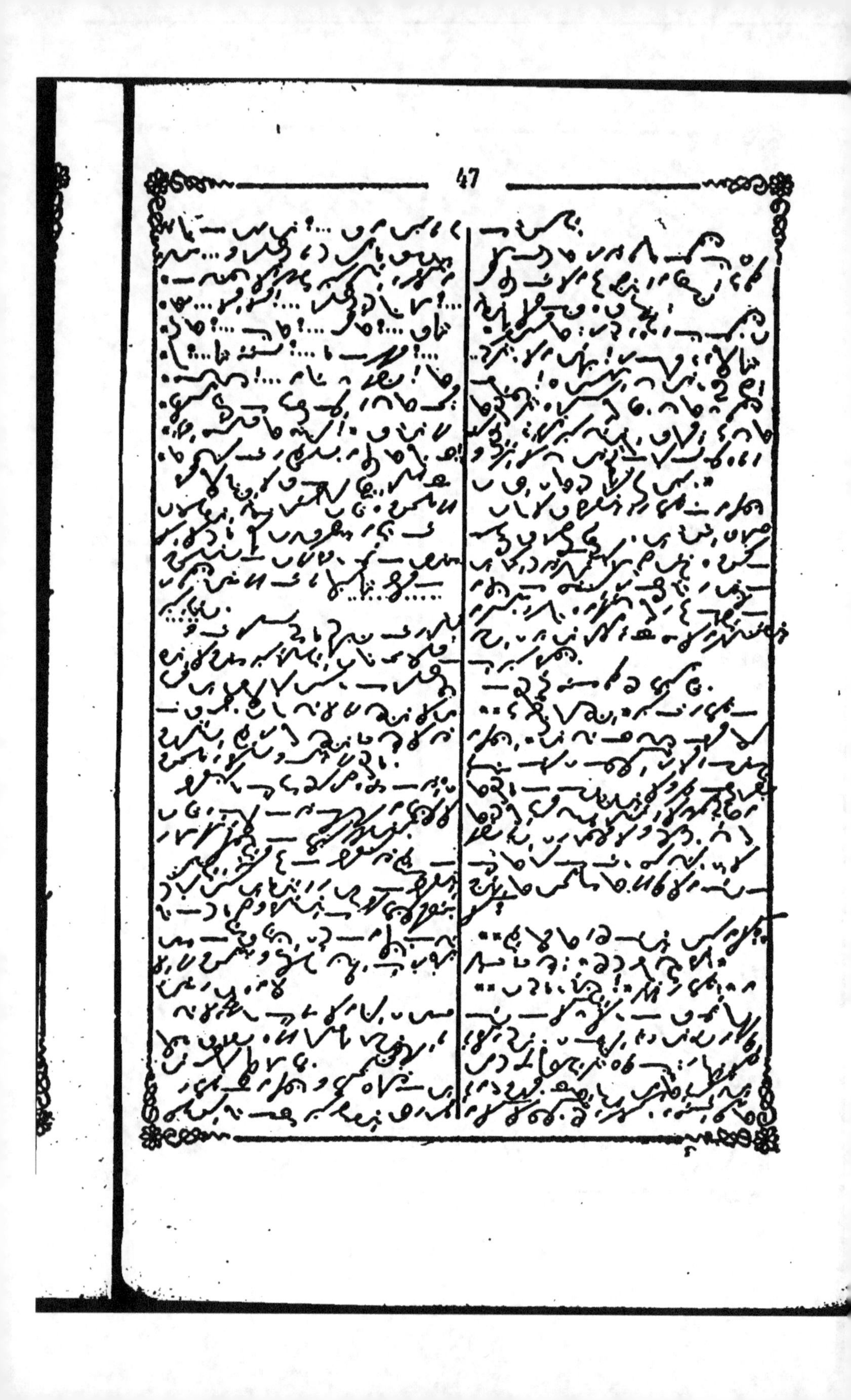

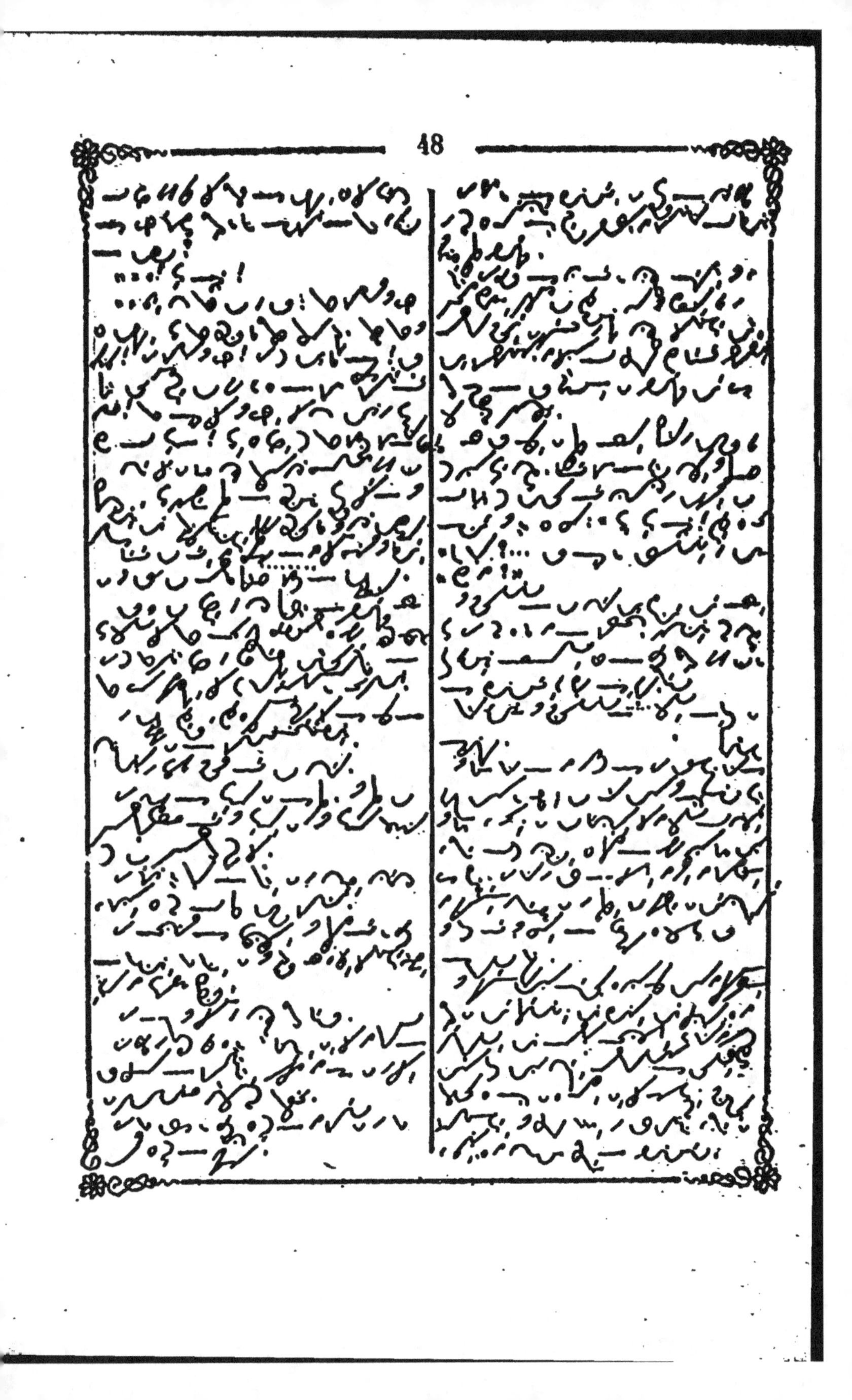

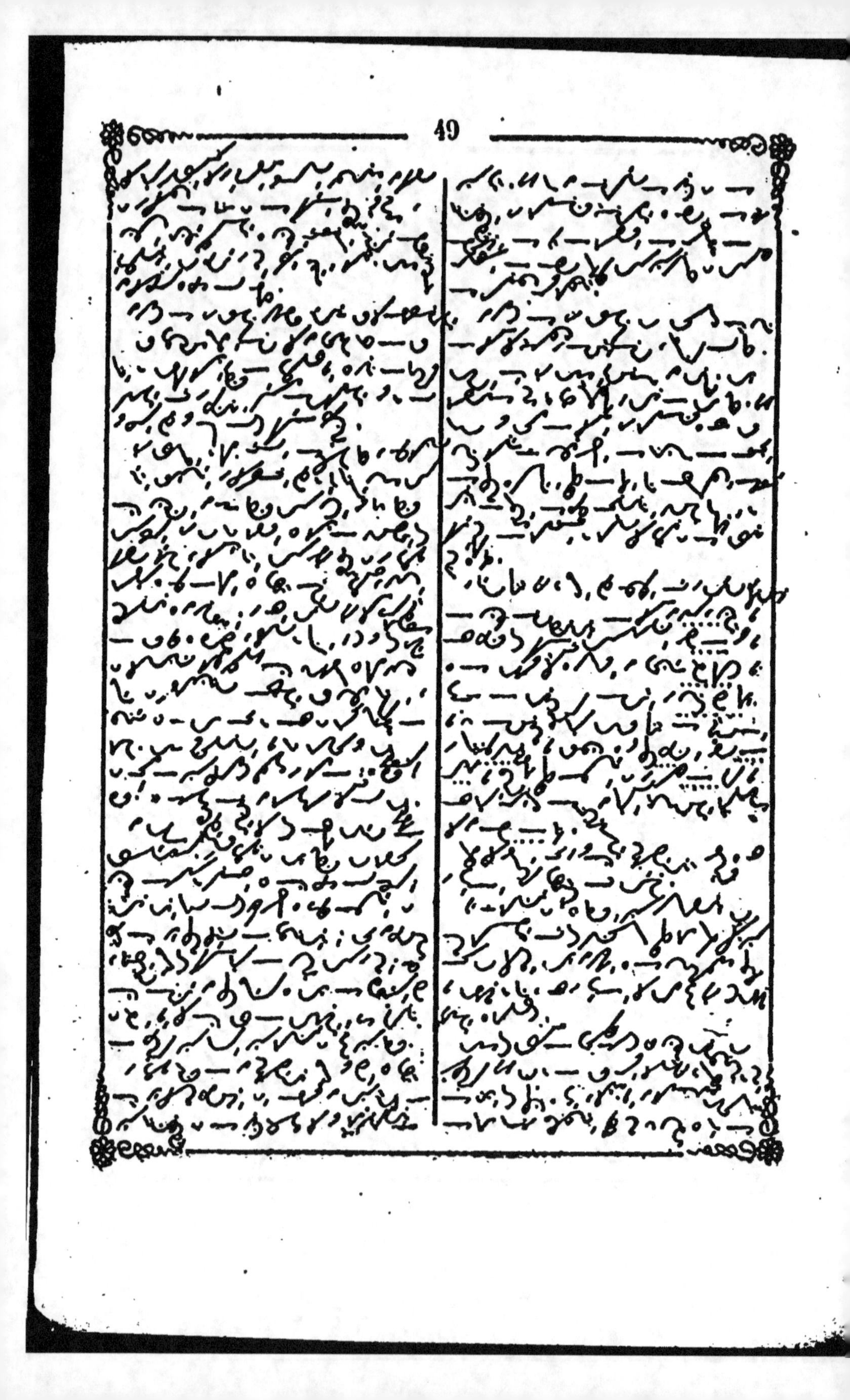

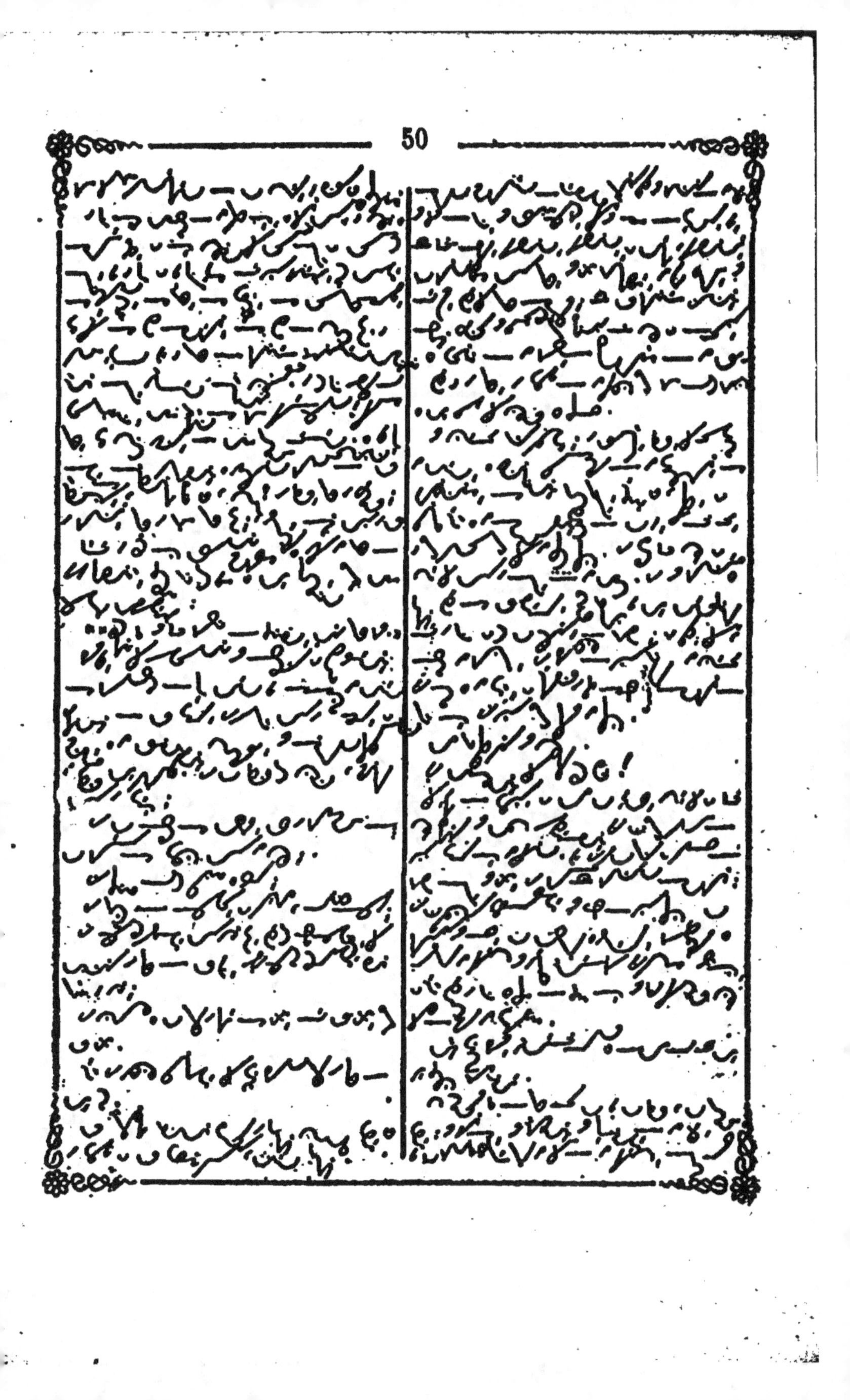

XVII

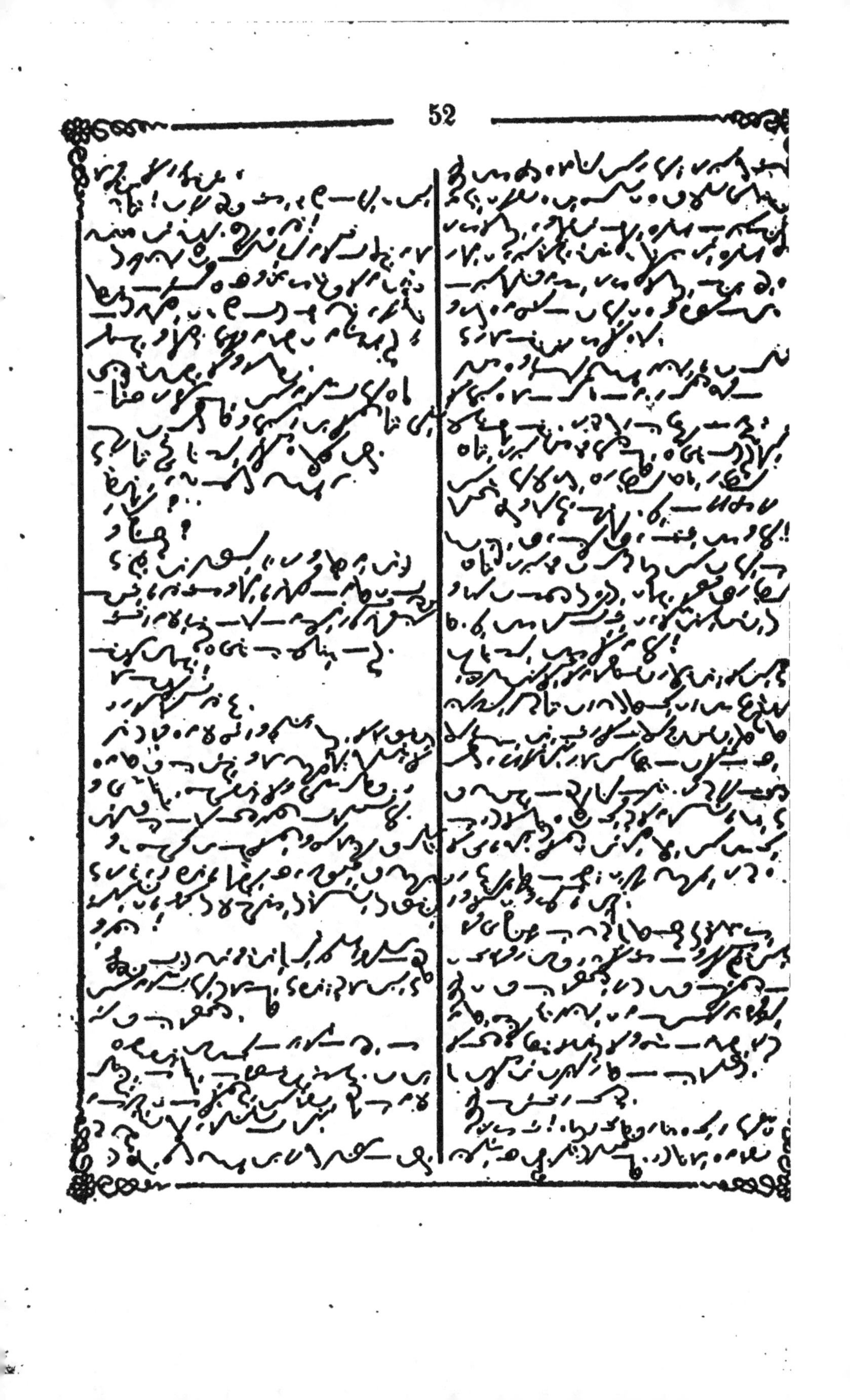

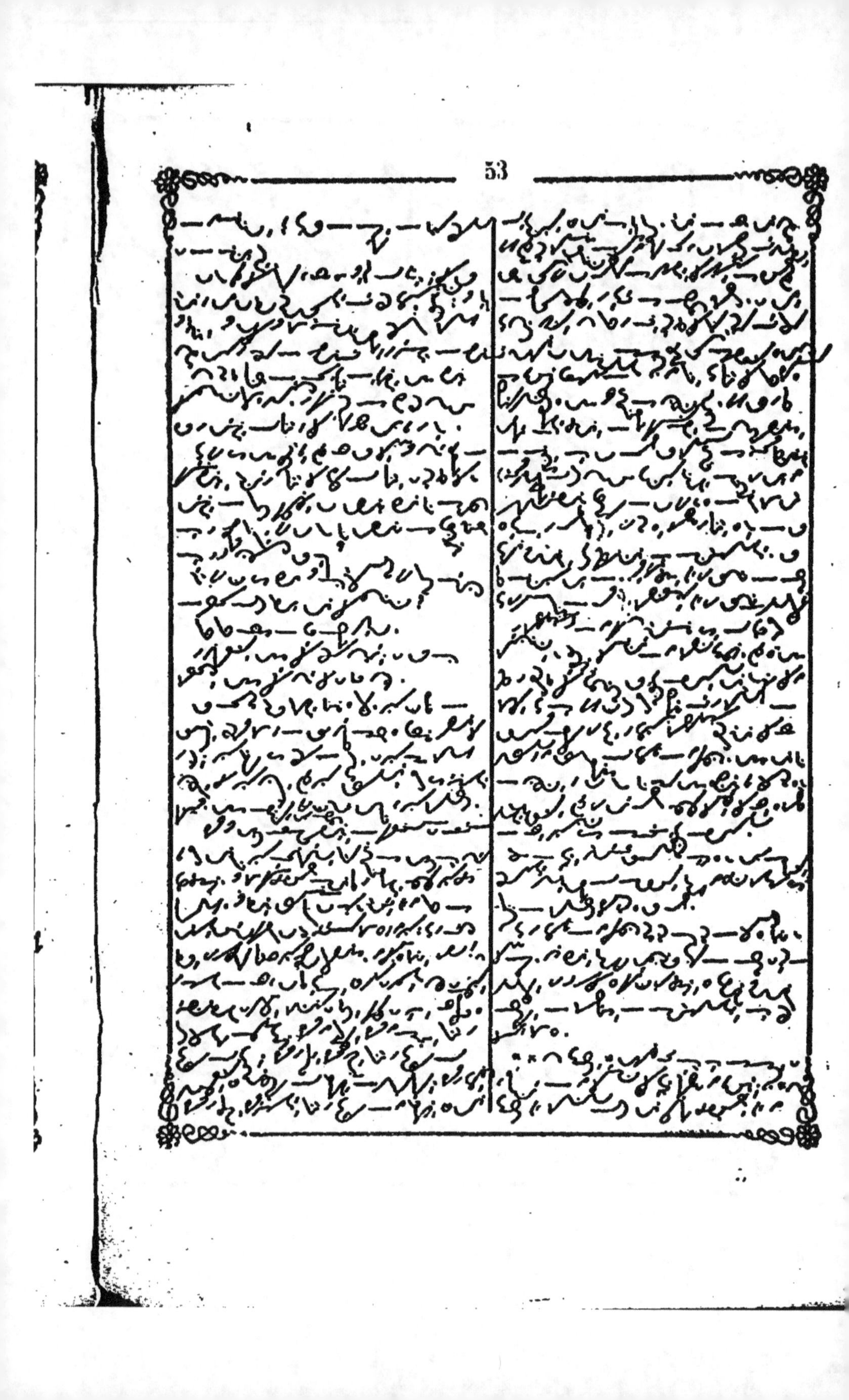

[This page contains handwritten text in a shorthand or stenographic script that is not legible as standard text. The only readable Latin-script words are "Mossieu" and "Mossieu," appearing in the left column.]

Mossieu,

Mossieu,

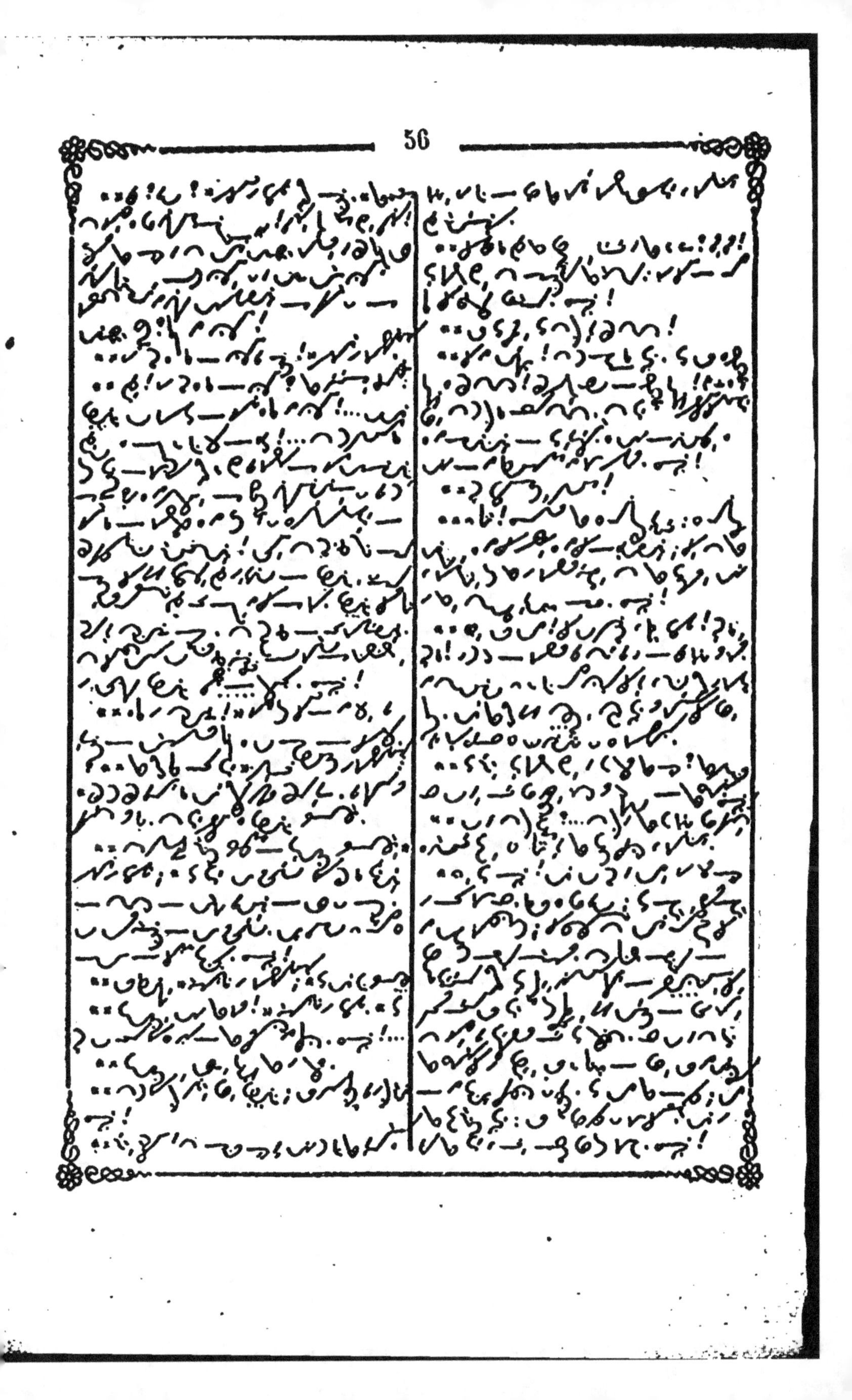

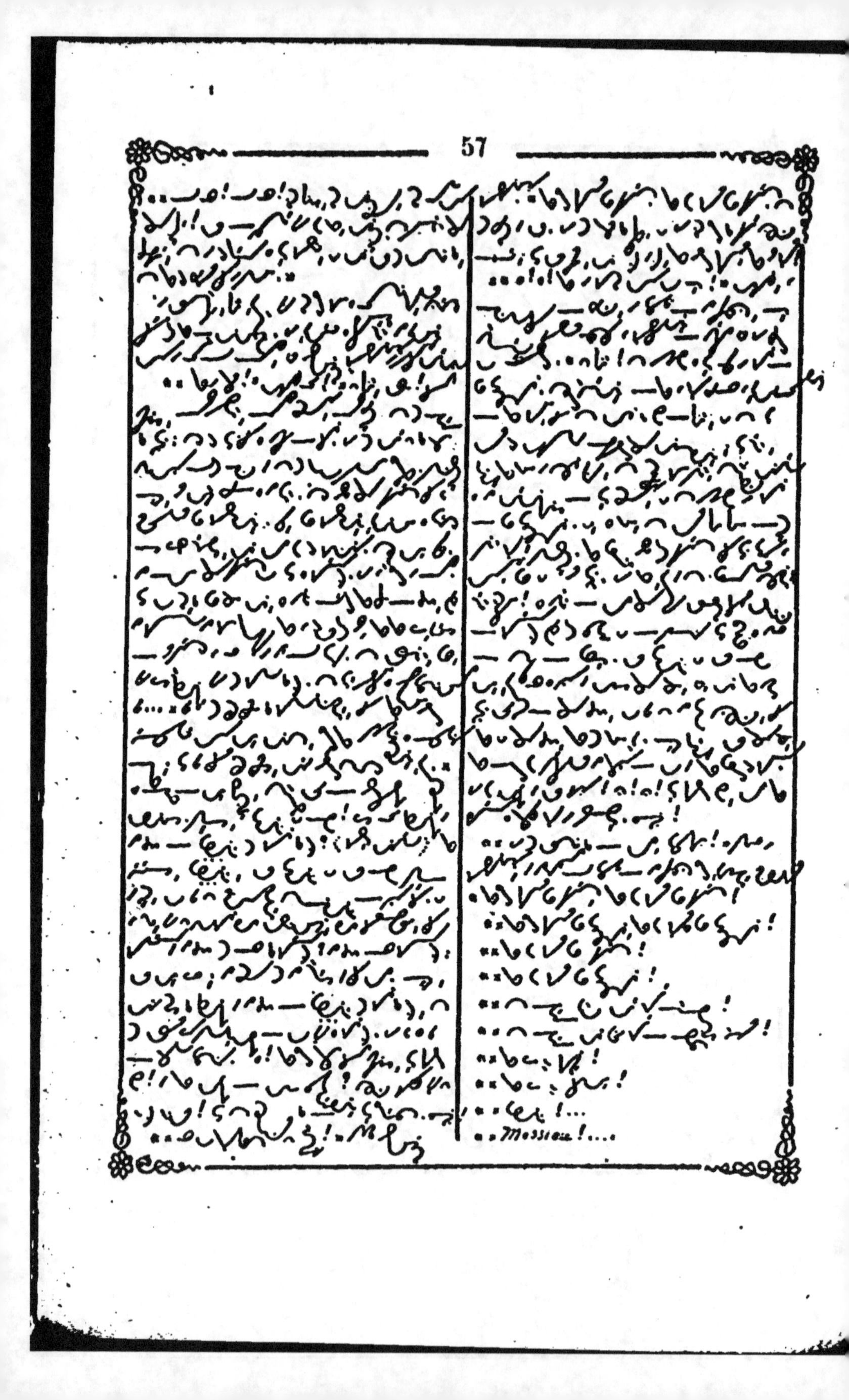

Monsieur!....

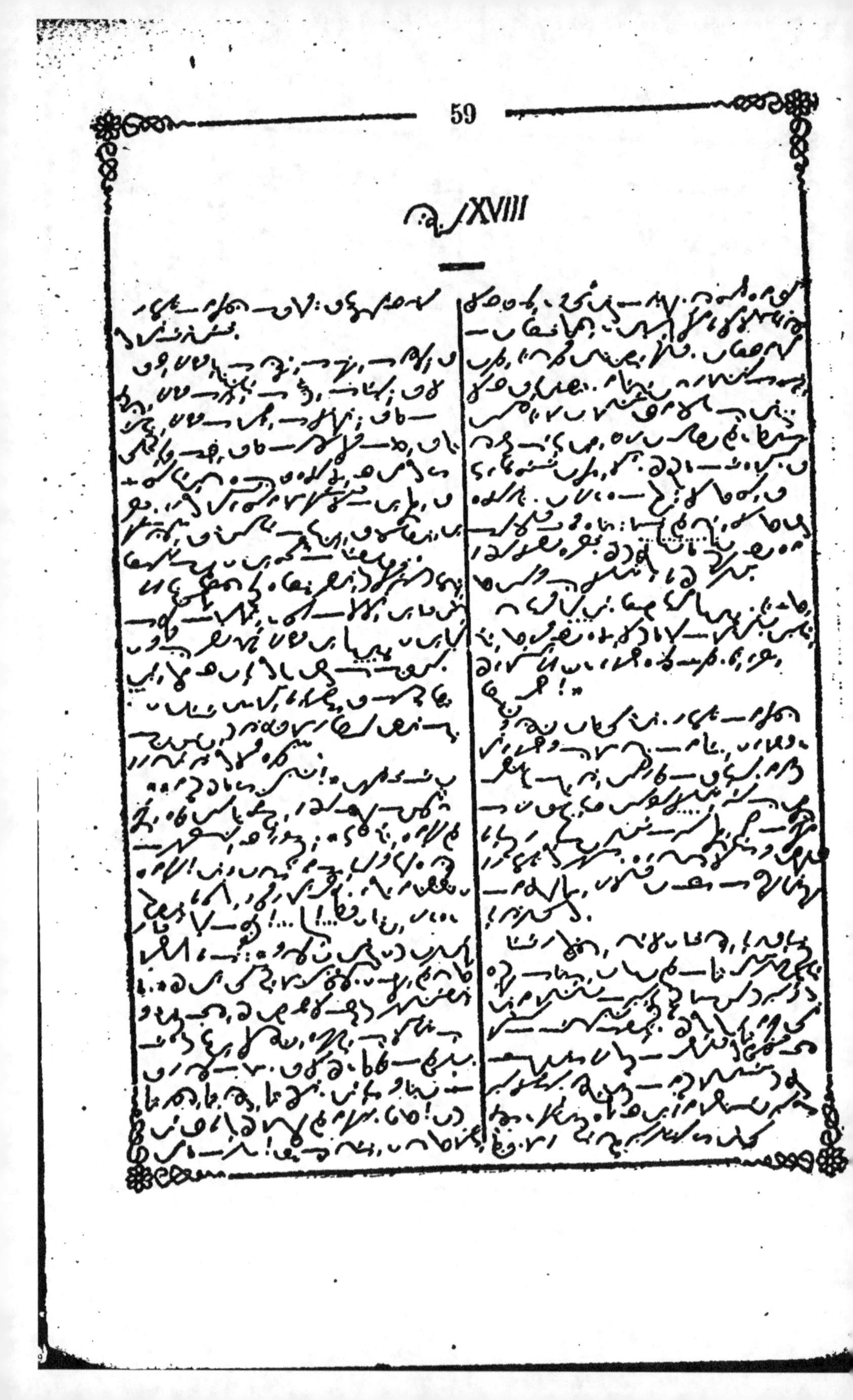

## XVIII

[The body of this page is handwritten in Urdu/shorthand script that is not legibly transcribable.]

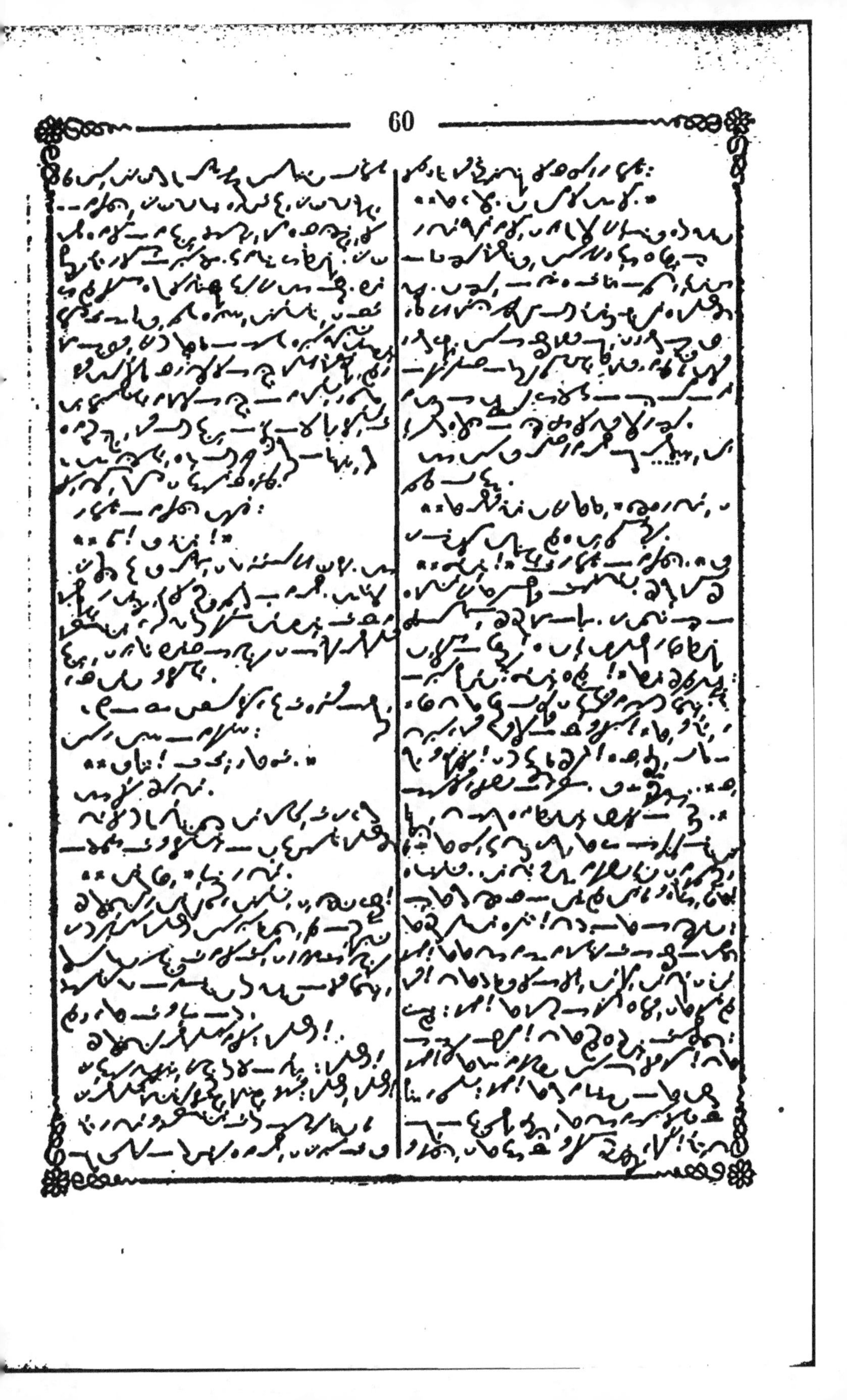

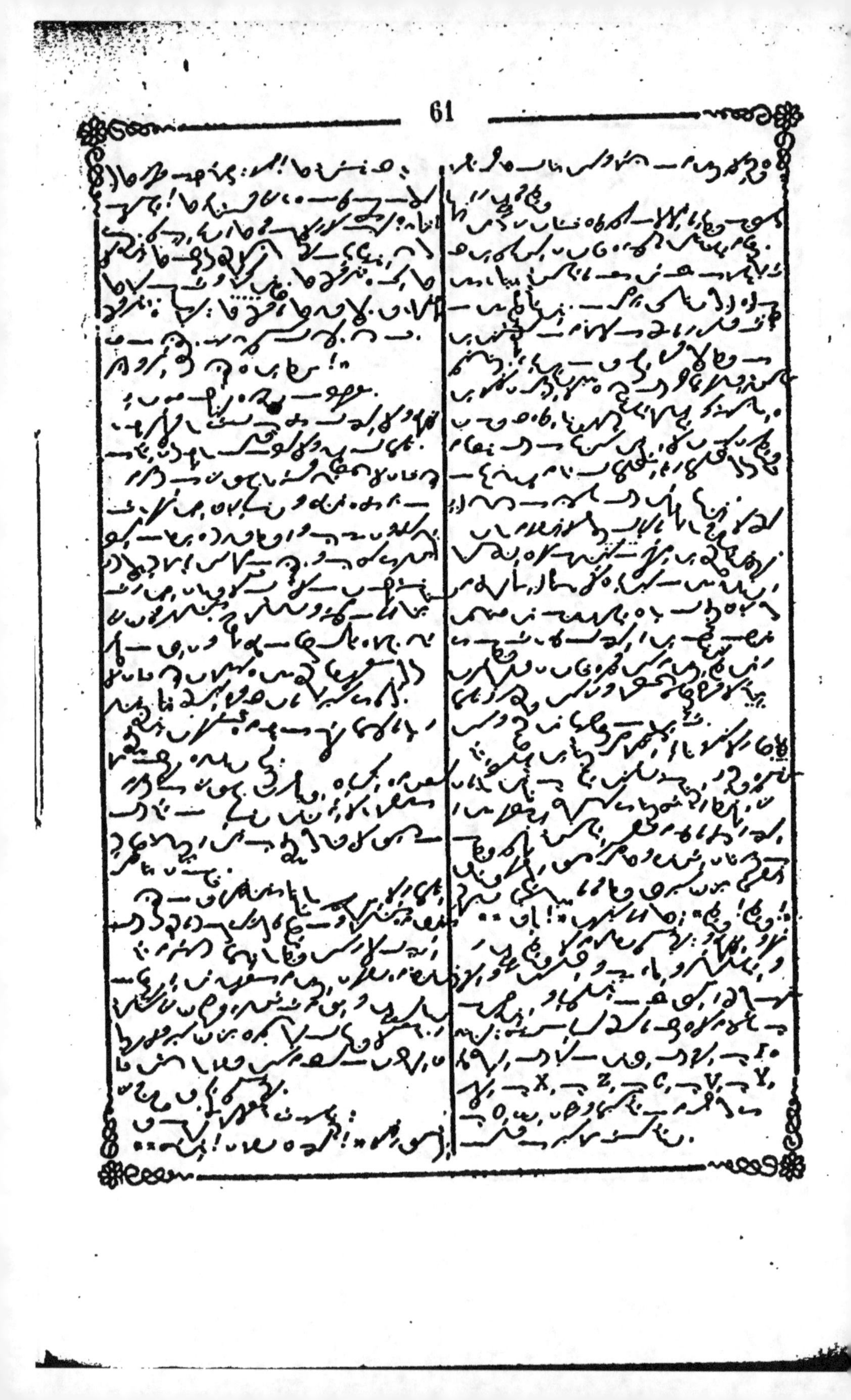

این صفحه به خط دستنویس (شکسته نستعلیق) نوشته شده و خوانا نیست.

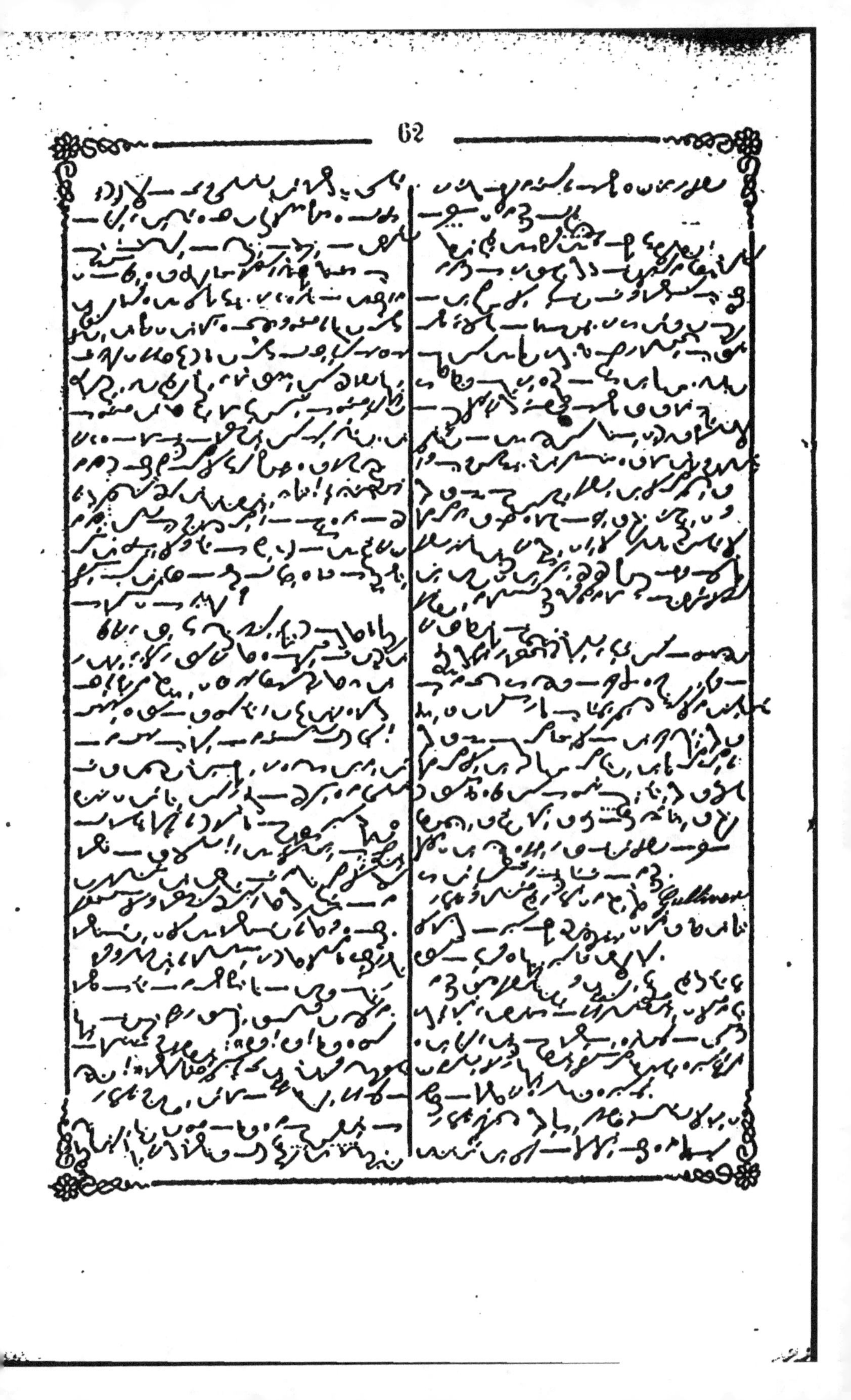

Gulliver

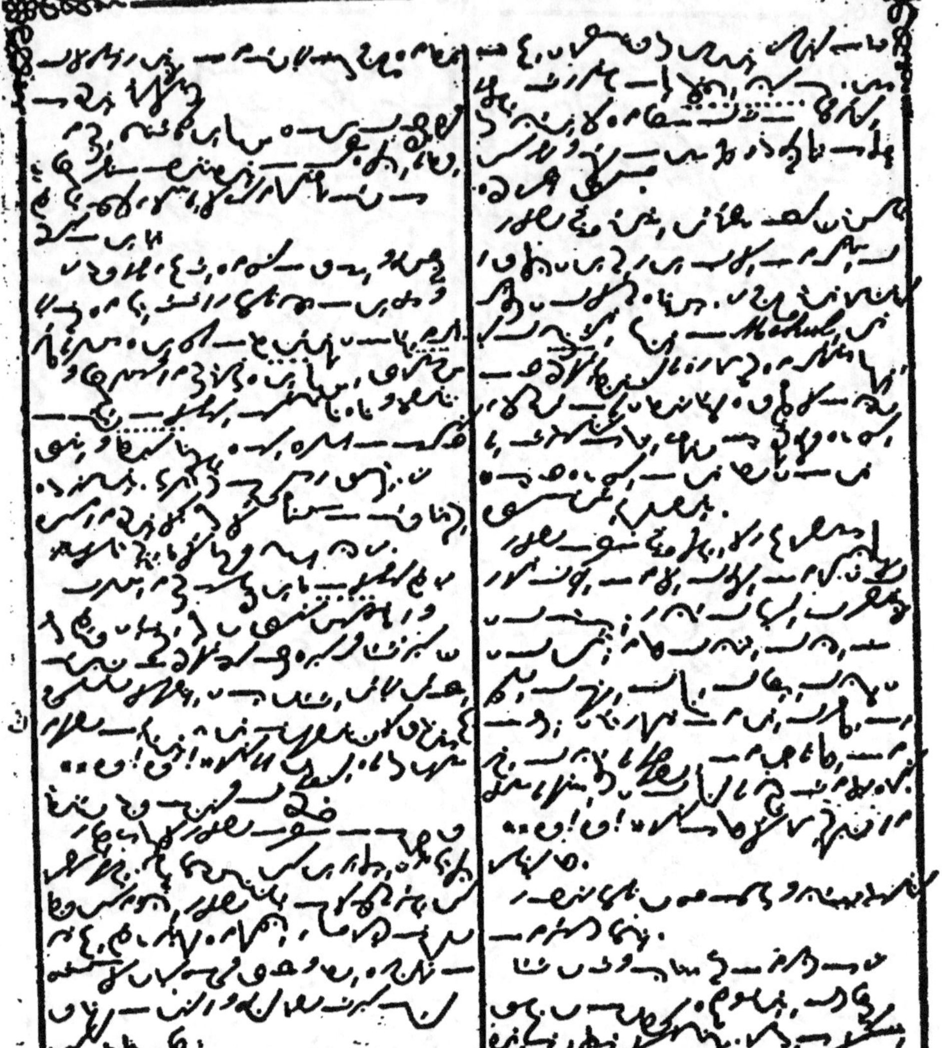

grrrrrrrhane
Frrrrrrrance

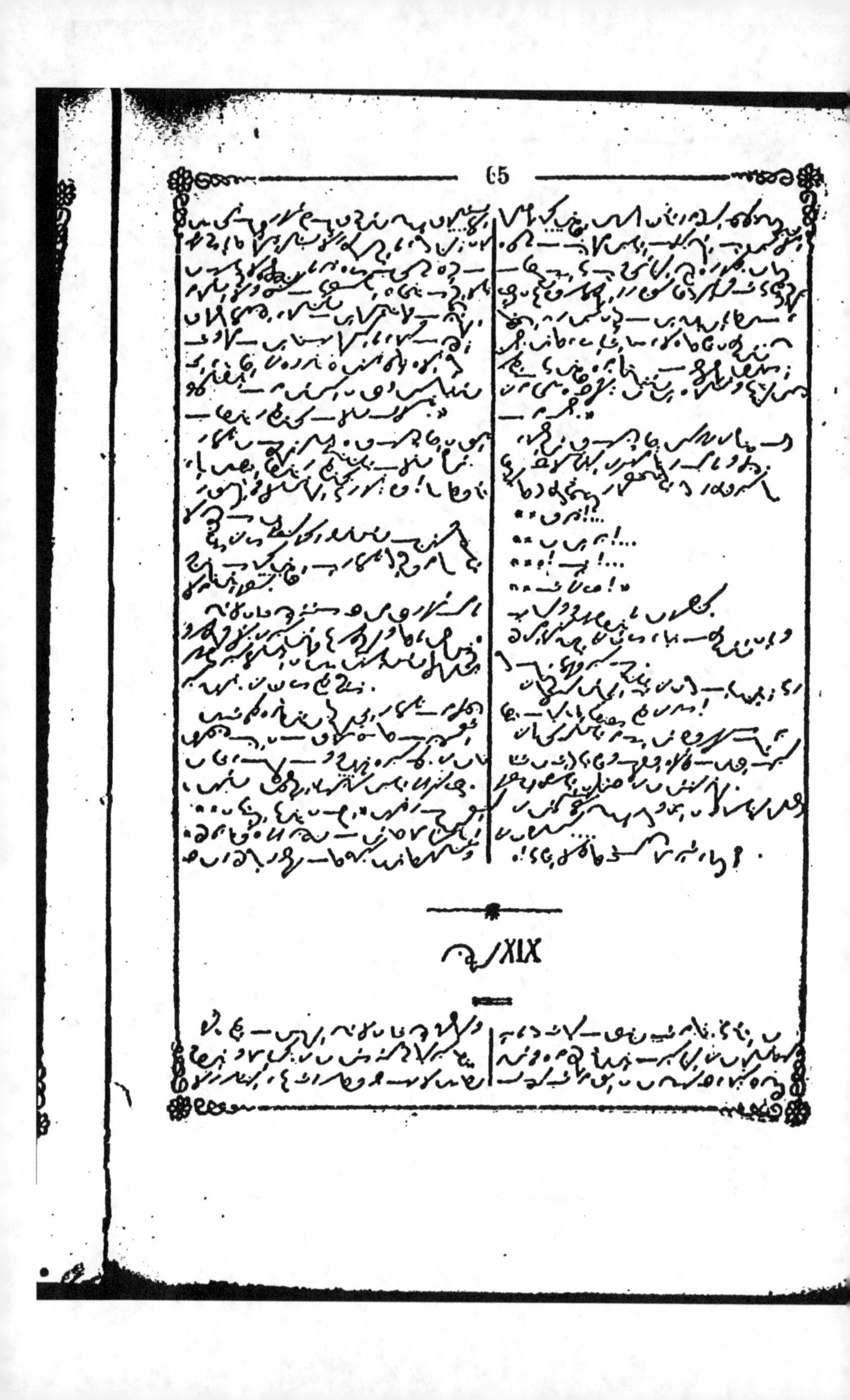

XIX

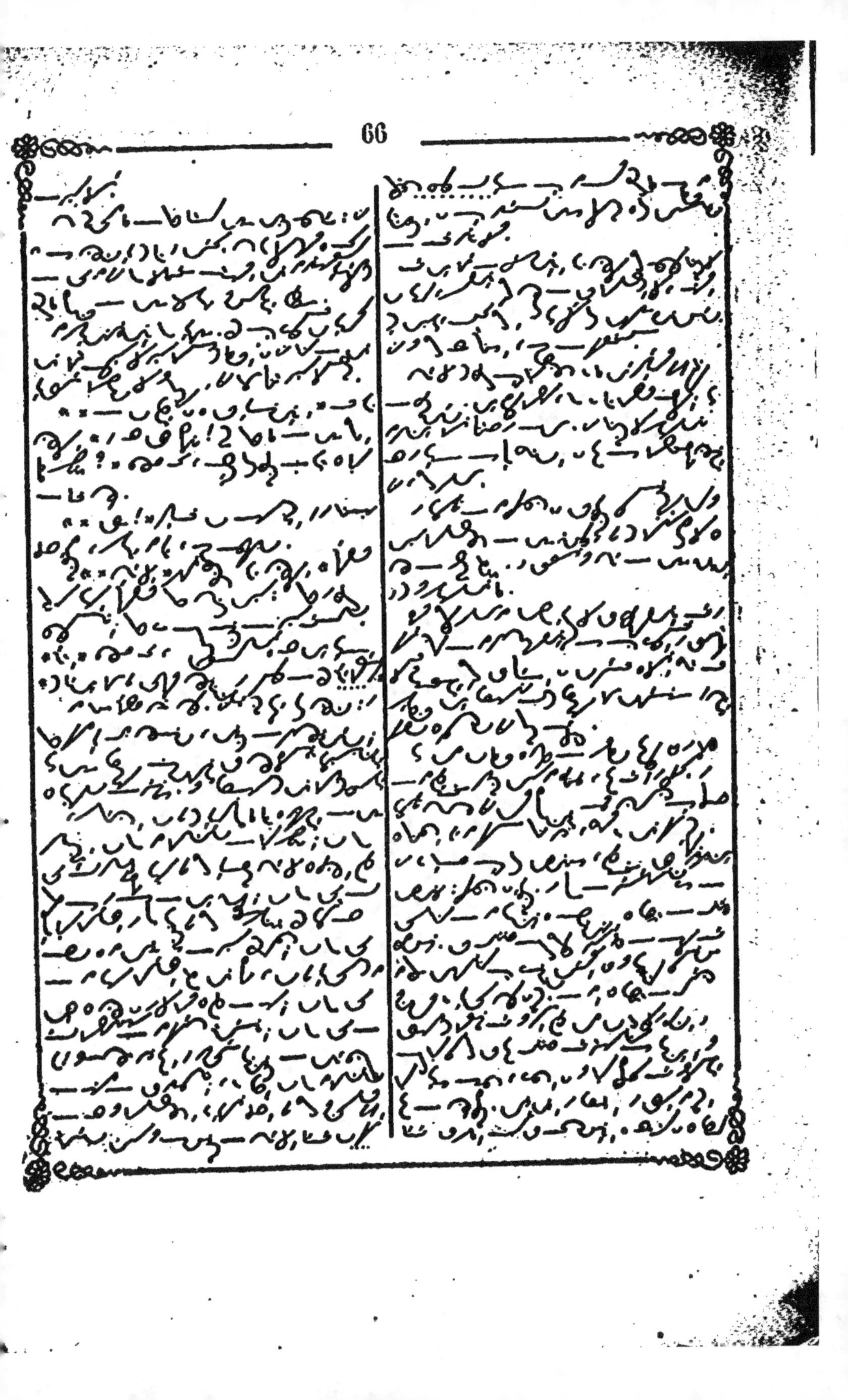

www.ingramcontent.com/pod-product-compliance
Lightning Source LLC
Chambersburg PA
CBHW070816260626
47161CB00006B/2311